# 진짜 집

# 진짜 집

2024년 11월 30일 초판 1쇄 발행
글 이은겸 편집 우현옥 디자인 김헌기
펴낸이 우현옥 펴낸곳 감꽃별 등록 번호 제 562-2023-000164호
주소 경기도 용인시 처인구 모현읍 오산로 223-2
대표전화 031-526-6979
홈페이지 www.gamflowerstar.com
전자우편 sorry-9@hanmail.net
ISBN 979-11-989834-1-1 73810

* 이 책은 용인특례시, 용인문화재단 Yongin Cultural Foundation 의 2024년도 문화예술공모지원사업을 지원받아 발간·제작되었습니다.

# 진짜 집

이은겸 장편동화

# 차례

안녕, 친구들!

이 책,《진짜 집》을 친구들에게 소개할 수 있어서 정말 기뻐요. 이 책엔 한 가족의 슬프고도 특별한 여정이 담겼어요.

주인공과 그 가족은 갑작스러운 가장(家長)의 죽음으로 인해 힘든 시간을 겪게 돼요. 이런 일이 생기면 누구나 슬프고 힘들겠죠. 하지만 주인공과 가족은 맨몸으로 어려움을 견뎌 나가요.

전학 간 학교에서 새로운 친구들과의 만남, 새로운 환경에 적응하는 일이며 함께 살게 된 친척들과 시시때때로 겪는 갈등 같은 모든 어려움이 포함되어 있는데요. 그 과정을 통해 조금씩 단단해지며 가족애가 돈독해지게 됩니다.

여러분에게 '집'이란 무엇인가요? 이 책에서 집은 단순히 거주하는 장소만이 아님을 알려 줘요. 진짜 집이란, 가족이 서로를 이해하고 힘이 되어 주며 마음 편히 쉴 수 있는 따뜻한 곳임을 일깨워 줘요. 한 마디로 회복과 치유가 있는 곳이지요.

이 이야기를 읽는 여러분도 함께 살아가는 가족에 대해 생각해 보길 바라요. 때로는 갈등으로 등을 돌릴 때도 있지만, 서로의 존재가 얼마나 큰 힘이 되는지를 깨닫게 될 거예요. 그리고 무엇보다 사랑이 있는 집이 얼마나 소중한지를 느끼게 될 거예요.

마지막으로 이 책을 읽어 준 친구들, 짜장 고마워요. 여러분의 마음속에 이 이야기가 작은 위안과 따뜻함이 되길 바라며, 저의 진짜 집을 선물합니다.

감사합니다!

이은겸 드림

# 1. 날개 잃은 집

맏언니인 내가 열세 살이 되던 해, 6월 무렵이었다. 쥐똥나무 꽃향기 서성이던 어느 한낮, 마흔 살이던 아버지가 돌아가셨다. 교통사고였다. 혼절한 엄마를 뒤로하고, 나와 여동생 셋은 어린이용 상복을 입어야 했다.

느닷없이 가장(家長)이 사라진 집은 함락된 성 같았다. 무시로 아무나 들락거렸다. 동네 사람들은 우리를 거리낌 없이 꾸짖고, 휘둘렀다. 그럴 줄 몰랐는데 아버지 직장 동료 김 부장 아저씨는 엄마에게 농을 걸며, 반말까지 실실거렸다. 이슥한 밤에 찾아와 우리 집 문을 두드리며 카악, 퉤! 가래침까지 뱉던 남자는 누구였을까? 엄마는 우리를 부둥켜안고 건밤을 지새웠다.

어느 날에는 엄마가 누구누구네 남편과 술을 마셨다는 둥, 어떤 사내와 꽃놀이를 갔다는 둥 툭하면 구설에 올랐다. 사람 셋이 우기면 없는 호랑이도 만든다더니 죄 없던 엄마는 아낙들의 적이 되어 갔다. 나는 아버지가 돌아가신 충격보다 사람들이 보이는 묘한 적대감이 더 견디기 힘들었다.

그즈음 서울에서 큰외삼촌이 내려왔다. 지금껏 사진으로만 봐 온 큰외삼촌은 실제로 보니 훤칠한 미남이었다. 우리는 물론이고 엄마가 얼마나 힘이 될까? 모처럼 밝아진 우리를 큰외삼촌은 건성으로 쓱 한 번 훑어본 게 전부였다. 그런 큰외삼촌이 엄마와 머리를 맞댄 채 무언가를 내내 상의했다. 아니, 정확하게 말하면 상의라기보다 큰외삼촌이 엄마를 다그치고, 구슬리는 모습이었다. 그럴 때마다 엄마는 몹시 초조해 보였고 얼마 지나지 않아 우리 가족의 서울행이 결정되었다.

"마음 단단히 먹어, 애들 교육을 위해서야."

큰외삼촌은 엄마가 지밋거릴 때마다 우리 교육을 앞세웠다. 전학은 순조롭게 진행되었다. 갑작스런 변화에 두렵기도 했지만 내심 떠나고 싶기도 했다.

엄마를 이 구렁텅이에서 탈출시킬 수 있다는 생각에서 말이다. 그만큼 사람들이 징글징글했다.

우리는 큰외삼촌의 지시를 고분고분 따랐다. 친구들과 사진을 찍고, 변함없는 우정을 약속했다. 함께 놀던 곳을 눈에 담고, 롤링 페이퍼도 만들었다. 나를 짝사랑하던 남자아이는 우리 집 앞을 서성대다 돌아가곤 했다.

할머니처럼 인자했던 담임 선생님은 내 손을 잡고 한참 당부를 했다.

"네 인생의 선장이 되어야 한다. 잔잔한 바다만 항해할 수는 없거든. 폭풍이 몰아쳐도 단단히 키를 잡아야 한다. 폭풍우를 몇 번 만나 이기고 나면 수많은 상처가 남겠지만 더 단단해질 거다. 그다음에는 바다가 무섭지 않게 돼.”

이어서 올바르게 살라는 말도 빼놓지 않았다. 막상 떠난다고 생각하니 우중충한 날씨조차 우울하지 않았다. 슬슬 피해 다니던 기 센 아이들조차 신경 쓰이지 않았다. 엄마 역시 미리 부칠 것도 없는 단출한 짐을 다행스러워했다. 친가에 얹혀살았던 우리는 딱히 처분할 것도 없었다.

“서울에 집을 구하기 전에 일단 우리 집 아래층으로 가자. 살만 할 거야. 남의 집도 아니고!”

밥 먹듯 설레발을 치던 큰외삼촌은 기차표를 끊었다. 기차에 오른 뒤에도 나는 꿈을 꾸는 것 같았다.


고향을 떠나 도착한 곳은 서울 중에서도 양지동이란 동네였다. 뭔가 세련된 서울을 상상했는데 막상 도착해 보니 실망스러웠다. 우리가 살던 시골과 별반 다르지 않았다. 이층 집들이 대부분인 것 빼곤 적막하기조차 했다.

더구나 우리가 살 곳이 반 지하라니…. 말하자면 큰외삼촌 집은 2층, 우리 집은 창문만 1층에 있는 반쯤 지하였다.

"여기가 이제… 우리 집이야?"

막내가 계단 아래 어둑한 지하를 가리켰다. 어처구니가 없던 나도 눈동자만 굴렸다. 동생들 모두 새무룩해져서 엄마를 쳐다봤다. 저녁으로 향하던 햇살이 약간씩 자리를 옮기더니 엄마 얼굴을 비췄다.

"여기는 잠시만 머물 거야. 진짜 집을 구할 때까지만!"

눈이 부셔서인지 윙크를 하던 엄마가 억지웃음을 보였다.

우리는 계단을 내려갔다. 정확히 열 계단이었다. 현관문은 짙은 밤색인데 알루미늄 문이었다. 아래위 반씩 나뉜 문 위쪽은 불투명 유리로 되어 있어서 안팎으로 사람의 형체가 보였다. 신발을 벗을 수 있는 좁은 현관을 들어서면 한 평 정도 크기의 거실을 지나 막다른 벽에 한 쪽짜리 싱크대가 보였다. 그 오른쪽으로는 욕실이 있었는데 이번에는 서너 계단을 올라가야 하는 구조였다. 욕실엔 세면대 대신 수도꼭지와 대야가 보였고, 변기는 두 계단을 더 올라가야 앉을 수 있었다. 그런데 문제가 있었다. 사람이 앉으면 천장에 머리가 닿아서 어깨를 구부정하게 구부리지 않으면 용변을 보기 힘들었다. 욕실 건너편에 있는 방 두 개는 나란히 붙었는데 안방은 서랍장 하나 넣고 어른 두 사람 정도 누울 수 있을 만큼 작았고, 옆에 붙은 작은 방은 안방의 세 배쯤 넓어서 그나마 마음이 놓였다. 게다가 방 창문을 열면 잘 꾸며진 정원이 펼쳐졌다.

"엄마! 창밖이 땅바닥이야!"

막내가 생전 처음 보는 풍경에 눈이 똥그래졌다. 그런 우리를 두엄더미만 한 바위가 낯설게 들여다보았다.

"안방은 엄마가 쓰고, 정원이 보이는 방은 너희들이 쓰도록 하자. 자 이제 짐 옮기기 시작!"

엄마 지시에 따라 우리의 온기가 반 지하를 채우기 시작했다.

"엄마, 그럼 이제 어디서 놀아?"

한참 짐을 옮기던 막내가 두 눈을 반짝였다. 시골에서는

16

대문 밖으로 나가면 죄 놀이터였지만 여기는 서울이다. 엄마가 잠시 허리를 폈다.

"음, 이렇게 넓은 정원이 있으니 정원에서 노는 건 어때? 큰외삼촌 집에 가서 놀아도 되고."

그렇지만 엄마 생각은 보기 좋게 무너졌다. 2층 큰외삼촌 집은 굳게 잠긴 채 열리지 않았다. 철통같았다. 심지어 문을 두드려도 요지부동이었다. 인기척은 있는데 대답이 없었다. 우리는 계단을 내려온 뒤에도 계속 2층 문을 할끔거렸다.

"그냥 정원에서 놀자! 가댁질 어때?"

둘째 동생 진이가 외치는 동시에 우리는 잽싸게 정원으로 내려갔다. 어디서 훅 건초 냄새가 났다. 잔디를 깎아 향나무 뒤쪽에 쌓아 둔 게 보였다. 찬찬히 정원을 훑는데 뒤란에서 땅딸한 아줌마가 달려 나왔다.

"어머! 안 돼! 아니, 아니 잔디 밟으면 못 써! 이 징검돌만 밟아야지."

외숙모임을 직감했다. 무슨 큰일이라도 벌어진 것처럼 노랑북새를 떨었다. 성깔이 묻어나는 인상이었다.

"이제 같은 집에서 살아야 하니까 지켜야 할 것들은 알아 뒀으면 좋겠어."

우리를 나무라며 아래위로 훑었다. 고리눈이 거북한 우리는 한 발짝씩 물러났다. 아니 밀려났다. 그래 놓고 겸연쩍었던지 짧고 뭉툭한 검지로 우리를 콕콕 찍었다.

"네가 첫째니? 네가 둘째고? 셋째, 넷째구나. 6학년, 4학년, 2학년, 네가 막내구나. 일곱 살?"

우리 이름도 모르는 듯했다. 우리는 대답 대신 저마다 사인을 보냈다. 주눅이 든 고개를 주억거리거나, 움츠러든 표정으로 소곳하게 그렇게 첫 대면을 마쳤다.

큰외삼촌 집에도 딸이 둘 있었다. 첫째 영주는 5학년, 둘째 승주는 4학년인데 피아니스트가 될 거라는 영주는 목에 깁스를 한 듯 뻣뻣하고 거만했다. 우리는 피아노를 너무 쳐서 그런가 보다 속달거렸다.

매일같이 레슨 강사가 들락거렸는데 외숙모가 쩔쩔맸다.

강사가 도착할 때면 미리 대문 밖에 나가 서 있었다. 비가 오면 우산을 들고 대문 앞을 지켰다. 강사가 도착하면 연신 굽실거리며 뒤따랐다.

"오느라 힘드셨지요? 따뜻한 커피, 내려놨어요."

콧소리를 내며 간지러운 말을 비벼 댔다. 승주는 아리잠직하고 공손했는데 외숙모가 없는 날엔 종종 우리를 불렀다.

"우리 2층 가서 놀까? 내 방에서, 응?"

이 팔, 저 팔을 잡아끌었다.

"지금 집에 아무도 없어. 괜찮아. 나 혼자야."

우리가 뭘 걱정하는지 안다는 듯 순하게 웃었다. 그때서야 우리는 낯빛을 풀고, 고개를 끄덕였다. 착한 사람이 한 명이라도 있어서 다행이라는 생각에 나도 그렇지만 동생들도 마음이 놓인 눈치였다.

승주 방은 공주 방 같았다. 만화에서 본 으리으리한 성 안의 공주 방 말이다. 말 그대로 환상적이었다. 노란 햇살을 담은 벽지에 크고 작은 파란 나비들이 날갯짓하는 방이었다.

파란 나비는 금방이라도 꽃향기를 나눌 것처럼 생생했다.

문득 착한 사람이 죽으면 그 영혼이 나비가 된다는 말이 떠올랐다. 모두 잠들면 방을 나선 나비들은 신선한 새벽길을 따라 사랑하는 사람에게로 다녀올지 몰라. 나는 잠시 잊고 있던 아버지를 떠올렸다. 아버지…. 마침 커다란 창으로 보드라운 바람이 불어왔다. 내 마음을 어루만지듯 머리카락을 쓰다듬었다.

순백색 옷장도 고급스러운 원피스며 색색의 옷으로 채워져 있었다. 마론 인형도 서른 개가 훌쩍 넘으려나? 인형 옷들도 커다란 서랍에 차곡했다. 내 몸집보다 큰 곰 인형도 네 개나 있었다. 눈치껏 손을 대 보았는데 보드레하고 포근했다. 외국에서 사 왔다는 앙증맞은 인형들도 장식장에 즐비했다.

동생들은 이야, 좋다! 감탄하며 크게 뜬 눈을 초롱초롱 빛냈다. 나는 방을 둘러보다가 책상에 눈이 멈췄다. 살며시 열어 본 책상 서랍에는 갖가지 학용품들이 매그르게 정리되어 있었다. 노랑, 빨강, 색색의 연필, 곰돌이·하트 모양의 지우개들, 반짝반짝 불이 켜지는 인어공주 볼펜이 내 눈을 사로잡았다.

책상 위에서 눈을 떴다, 감았다 하는 잠자는 숲속의 공주 스탠드, 멋진 성이 천천히 도는 오르골은 어떻고. 세련되고 질 좋은 공책들, 말하는 자동 연필깎이, 삼단 자동 분홍색 연필통은 마음에 쏙 들었다.

그런 나를 눈여겨보았을까?

"언니, 가지고 싶은 것 있으면 가져."

승주가 상글거렸지만 생각지도 못한 말이었다. 아니야, 무슨! 들키고 싶지 않은 마음을 들킨 것처럼 지금 몇 시지? 딴청을 피웠다.


서울에 온 뒤로 나의 모든 것이 뒤숭숭했다. 전학 온 학교도 이사 온 반 지하도 적응이 안 되었지만 엄마에게 말하지 않았다.

거의 매일 밤마다 꿈을 꾸었다. 대부분 시커먼 그림자에게 쫓기는 꿈을 꾸다가 눈을 떴다. 그 그림자는 새로 전학 온 학교 담임이었다가 새 짝꿍이었다가 꽃자리 좁은 반장으로 바뀌었다.

서울 아이들은 나와 달랐다. 달라도 너무 달랐다. 한 마디로 똑똑하고 빛났다. 촌뜨기인 나와 감히 견줄 수도 없는 대상이었다. 친구는커녕 공유할 수 있는 것이 하나도 없었다. 학원 선생님이 잘 가르치니, 못 가르치니 따위를 논할 수 있는 상대도 아니었다. 나에게 서울, 그 중에서도 강남의 이쁘얀 아이들은 흉내조차 낼 수 없는 Out of one's league 였다. 거리를 두고 멀거니 바라보는 게 전부라고나 할까?

사정이 이러니 학교만 가면 자동적으로 멍해졌다. 수업 내용은 도저히 알아들을 수도 따라 잡을 수도 없었다. 학교는 가야 하니까 가는 곳이 되어 버렸다. 시골 학교에서 전교 일등을 도맡던 내겐 너무나 가혹한 시간이었다. 공부는 아예 손을 놓았다. 선생님이 간혹 질문을 하면 고개를 푹 숙인 채 입을 닫아 버렸다. 아이들도 일제히 몸을 비틀어 나를 구경했다. 차갑고, 메마른 표정으로. 어쩌다 저런 아이가 우리 학교에 왔는지 희한하다는 표정으로.

"이 경, 재미없냐?"

남자지만 파마를 한 것처럼 심한 곱슬머리인 담임은 이따금 나를 지목했다. 그럴 때마다 못마땅한 빛이 역력했다. 재미? 재미라는 게 뭘까? 시골 살 때도 지루하기 짝이 없었다. 따분하고, 싱거웠다. 서울로 전학 온 지금도 별반 다를 바 없었다. 상황만 달라졌을 뿐이다.

불현듯 눈시울이 붉어졌다. 나는 저항 없이 고개를 끄덕였다.

"인마. 정신 똑바로 차리고 공부해. 인생 짧아."

담임이 가무잡잡한 얼굴로 비아냥거리는데 쉬는 종이 울렸다. 딩동댕동, 딩동댕동. 중력을 잃은 듯 펼쳐진 국어책에 왼쪽 뺨이 찌그러지도록 엎드렸다. 두 팔은 책상 아래로 내려 흔들흔들 흔들리도록 둔 채.

'여기는 어디지. 내가 왜 여기에 있지?'

문득문득 소스라치게 낯설었다. 몇 달 전만 해도 내가 이곳에 있을 것이라고는 상상조차 못했다. 교실 창밖으로 흐린 하늘이 보였다. 아버지가 돌아가셨다는 것, 하루아침에 사라졌다는 것, 영원히 볼 수 없다는 박탈감이 나를 휘감았다.

처음에는 자꾸 잠을 자려고 했다. 깨어나면 거짓말처럼 아버지가 돌아와 있을 것 같았다. 그러다 엄연한 현실을 마주할 땐 눈물도 나오지 않았고, 그저 횅뎅그렁하게 비어 갔다. 모든 의욕은 사라지고, 나약하고 우울한 감정이 나를 짓눌렀다.

학교 강당은 그런 나를 받아 줬다. 내 유일한 아지트, 나를 내려놓을 수 있는 곳이었다. 강당 구석을 발견한 건 사막에서 오아시스를 찾은 격이라고나 할까. 나는 그곳에서 발자크의 《인간희극》을 읽었다. 학교 도서관 구석에서 찾은 책인데 상당히 두툼한 시리즈였다. 나는 어렸을 때부터 또래들이 보는 책들은 시시했다. 호흡이 길고, 무슨 말인지 모를 어려운 책이 편했다. 아버지가 사둔 스탕달의 《적과 흑》이 며 《셰익스피어의 4대 비극》은 몇 번이고 다시 읽었다. 물론 무슨 말인지 모르고 읽게 되지만 아는 만큼 보인다고 했던가. 서너 번씩 읽다 보면 낯선 말들이 익숙해지고, 시나브로 해석이 되었다.

특히 《인간희극》을 쓴 발자크는 알면 알수록 나와 닮은 점이 많았다. 푸줏간에 가면 푸줏간 상인, 군인들과 있으면 군인, 정원사들과 있으면 원래부터 정원사였던 것처럼 자연스러웠다. 완벽하게 동화되는 것이다. 마치 카멜레온처럼 어딜 가든 배어들었다. 귀족이 되고 싶어 했던 발자크와 서울 사람처럼 되고 싶은 내 깊은 속내도 닮은꼴이었다. 주인공을 통해 나를 이해하게 되었다고나 할까? 책을 읽는 고른 내 숨소리며, 책장 넘기는 소리, 배구부 아이들 공 튀기는 소리가 텅텅 울리면 그렇게 평화로울 수 없었다.

그랬다. 책을 읽는 동안 나는 혼자가 아니었다. 점심시간이 끝난 뒤 교실로 돌아가면 나는 제일 뒷자리에 앉아 관찰

자가 되었다. 고개를 숙였다 들었다를 반복하며 필기하는 급우들 뒷모습, "부피가 64인 정육면체의 한 모서리의 길이를 구하면?" 설명과 함께 판서하는 선생님 뒷모습도 관찰했다. 그런 내가 아웃사이더 같았지만 뭐, 그리 나쁘지만은 않았다. 모든 일에는 양면성이 있듯 좋은 점도 있었다. 나만의 생각 안에 들어앉아 있을 수 있는 것. 내 머릿속에는 상상과 생각이 넘쳤다. 아무도 훔쳐볼 수 없는. 건드릴 수 없는 세상이었다.

그런 나를 엄마한테도 말하지 않았다.

"학교는 괜찮지? 잘 하고 있지?"

엄마가 물으면 나는 신뢰가 가도록 고개를 끄덕였다.

## 2. 흩어지는 집

일요일 아침, 갓밝이였다. 고소한 참기름 냄새가 문틈을
비집고 들어왔다. 입맛을 다시며 눈을 떴는데 엄마가 가만
있자, 입속말을 하더니

"경아! 경아!"

나를 불렀다. 나는 가요오, 대답과 함께 재빨리 부엌으로
나갔다. 엄마는 김밥 네 줄이 담긴 접시를 들고 나를 기다
렸다.

"이 김밥, 큰외삼촌 집에 갖다 드리고 와."

"웬 김밥이에요?"

"응, 이사 오면 떡을 돌리지만 여의치 않고 해서…."

접시를 든 엄마 손이 파리했다.

"싫은데…."

나는 한 발 물러섰다.

"왜?"

내 반응이 의외였는지 엄마 눈이 두 배로 커졌다.

"외숙모 있잖아."

"있으면 어때?"

"난 싫어! 찬바람이 쌩쌩 불어서."

"괜찮아. 괘다리적어서 그렇지, 나쁜 사람은 아니야."

"나쁜 사람이 정해져 있나 뭐."

숫제 두 손을 등 뒤로 감춘 채 도리질을 쳤다. 어떻게든 피하고 싶었다.

"알았어. 이번 한 번만 다녀와. 엄마가 김밥 싸다 말고 올라 갈 수는 없잖아."

엄마가 접시를 재차 들이밀었다. 이 정도면 거역할 수 없다. 나는 마지못해 받아 들긴 했지만 발이 떨어지지 않았다.

"얼른!"

엄마가 몰아 대기 전까지는.

뽀리이익, 뽀리이익, 이층집 현관 앞에 서서 초인종을 눌렀다. 용 두 마리가 여의주를 맞잡고 있는 육중한 철문인데 초인종 소리는 촐싹거렸다. 아무 소리가 없었다. 그냥 내려올까 하다가 한 번 더 초인종을 눌렀다. 뽀리이익, 뽀리이익, 두어 번 더 촐싹대자 인기척이 들렸다. 철컥, 문이 반쯤 열리고 외숙모가 모습을 드러냈다.

"뭐니?"

"저, 엄마가….."

엉겁결에 얼굴까지 접시를 들어 올렸다. 외숙모가 팔 하나를 뻗어 접시를 우악스럽게 잡아챘다. 영 마뜩찮은 표정이었다.

"우린 김밥 안 먹는데 뭐 하러 힘들게 우리 것까지 했을

까? 그래도 고모가 애써서 했으니 받을게. 고맙다고 전해
드려."

말끝에 신경질이 묻어났다. 뭐 기대를 한 건 아니지만 네,
순순히 대답하고 돌아서는데

"언니?"

승주였다. 외숙모 뒤쪽에서 날 본 모양이다.

"어어!"

내가 목을 길게 뽑아 대답했다.

"들어와서 놀다 가."

외숙모 옆을 비집고 나온 승주에게 손 인사를 하려다 말
고, 황급히 도리질을 쳤다. 외숙모 눈썹이 꿈틀거리는 걸 보
았기 때문이다.

"엄마, 괜찮지? 언니랑 조금만 놀게. 너무 심심해."

안되겠는지 승주가 외숙모를 졸랐다. 외숙모는 뚱한 얼굴
로 '얘가 왜 이래?' 딱 그런 표정으로 눈을 굴렸다.

영주는 피아노 레슨을 받으러 간 듯했다. 영주는 집에서

도 레슨을 받지만 대학 교수에게도 레슨을 받는다고 했다. 바쁜 일과 때문에 집에 있는 시간이 거의 없는 것 같았다. 외숙모가 영주를 실어 나를 때 승주는 혼자 남겨졌다. 그럴 때면 승주가 많이 심심해 보이긴 했다.

"그래, 언니랑 놀아 본 적이 없지? 조금만 놀아, 그럼."

달갑지 않은 허락과 함께 현관문이 활짝 열렸지만 몸이 움직여지지 않았다. 저 철옹성 같은 문이 열리다니. 어정쩡하게 서서 외숙모를 힐끔거렸다. '오늘 바빠서 안 되겠어!' 호기롭게 계단을 내려가면 통쾌할 것 같긴 했다. 마음과 몸이 따로 놀아서 문제지만.

내 발은 어느새 현관 안으로 들어섰다.

"그럼, 조금… 조금만… 뭐, 놀다 갈게요."

후회하긴 늦어 버렸다. 슬금슬금 늘어놓는 말이라니. 눈치를 보며 우물우물 기어들어 가던 내 모습은 몇 번을 되짚어 봐도 바보 같았다. 남의 집도 아니고 큰외삼촌 집이잖아. 내가 왜 이렇게 기가 죽어야 하지? 수없이 되물어도 모르

겠는 거다. 그런 내게 발딱 화가 솟았다. 당당하자. 수그러
든 가슴을 폈다.

우리가 이사 오겠다고 한 것도 아니잖아. 말이야 바른말
이지 큰외삼촌이 들쑤신 거잖아. 큰외삼촌이 엄마한테 하는
말을 나도 똑똑히 들었다.

"애들 교육을 위해 서울로 가자, 당장 짐 싸라."

몇 번이나 닦달했는지 모른다. 망설이던 엄마를 어르고
달래기를 며칠 밤낮이었다. 그런데 우리가 왜 이렇게 눈치
를 봐야 하는 거야? 가슴을 편 뒤 목을 세워 뒤로 젖혔다.
심호흡도 두어 번하며 거실에 들어섰다. 쿵, 쿵, 쿵, 세 발작
쯤 뗐을까?

"살살 걸어야지. 이런 집에선 살살 걸어야 하는 거 안 배
웠니?"

나를 지켜본 것일까? 외숙모가 뒤에서 쏘아붙였다. 수치
심에 얼굴이 벌겋게 달아올랐다. 그렇지 않아도 조심스러웠
는데 물리쳐진 잡상인처럼 낭패스러웠다. 엉거주춤 뒤돌아

보던 나는 이내 경악했다. 외숙모가 걸레를 들더니 거실 바닥에 찍힌 내 발자국을 재빨리 닦는 게 아닌가. 그것도 빡빡 힘껏. 때마침 승주가 내 옷소매를 잡아끌었다.

"언니, 이리 와, 응?"

나는 고르지 못한 숨을 삭이며 승주 방으로 들어섰다.

승주 침대에 인형과 인형 옷이 널려 있었다. 인형놀이를 하고 있었던 모양이다. 빗질도 했는지 특이하게 생긴 빗도 보였다. 첼로 모양의 금빛 화려한 빗이었다. 나도 모르게 빗을 들어 손톱으로 긁어 보았다. 차르릉차르릉 첼로처럼 투명하고 예쁜 소리가 마음을 파고들었다.

"언니도 한 번 빗어 봐."

속눈썹이 긴 승주가 가볍게 웃는데 열린 창으로 보드레한 바람이 불어왔다. 어디 멀지 않은 곳에 산이 있을까? 친숙한 솔수펑이 냄새까지 담겨 왔다.

어느덧 마음이 풀린 내가 빗질을 시작했다. 여유롭게 천천히. 내 단발머리를 빗에게 맡기며 눈을 꼭 감았다. 왕비가 된 나를 상상하며 우아한 모습을 흉내 냈는데 개그맨같이 우스꽝스러웠나 보다. 승주가 배를 잡고 까르르까르르 서너 번 웃음이 터졌을까? 방문이 발칵 열렸다. 외숙모였다.

"이게 무슨 짓이니!"

쌍꺼풀 없는 외숙모 눈이 이글거리더니 번개처럼 다가와 빗을 채 갔다. 그와 동시에 나를 벽 쪽으로 무작하게 밀쳤다. 내치듯 온 힘을 다해. 나는 맥없이 벽에 부딪힌 뒤 짐짝처럼 주저앉았다. 순식간이었다.

아픈 건지 어떤 건지 얼떨떨한 가운데 승주와 외숙모를 번갈아 보았다. 승주 눈에 당황한 빛이 역력했다. 나는 무안하기도 하고 놀라기도 해서 멍하게 있었다. 십여 초 뒤 몸을 일으킬 땐 두어 번 균형을 잃고 휘청댔다.

말없이 방을 나왔다. 비척비척 거실을 거쳐 현관 쪽으로 걸어갔다. 나를 뒤따르던 외숙모는 오히려 태연했다. 아무 일도 없었던 것처럼 걸레를 들어 지나온 내 발자국을 닦았다.

집으로 돌아온 나는 넋이 빠졌다. 방벽에 기대앉는데 눈물이 싸하게 돌았다. 눈자위가 욱신거렸다. 그 순간 현관문 두드리는 소리가 들렸다.

"누구세요?"

엄마가 현관 쪽으로 나가는 소리가 들렸다.

"고모."

카랑한 한 마디, 외숙모였다. 나도 모르게 허리를 세웠다. 곧 문이 열리는 소리가 들리고 외숙모 목소리가 들이닥쳤다.

"고모, 부탁드려요. 애들 2층으로 올려 보내지 마세요."

"왜 그래요, 언니. 무슨 일 있었어요?"

엄마가 애써 감정을 억누르는지 묻는 말이 딱딱했다.

"고모 애들, 머릿니 없어요? 시골에 살면 머릿니 있는 것쯤이야 그러려니 하지만 여긴 서울이잖아요. 그 머릿니 우리 애들한테라도 옮기면 어쩌려고 승주 빗을 써요? 세상에! 얼마나 놀랐던지. 방금 전에 경이가 올라와서 우리 승주 빗을 썼어요. 제 머리에 머릿니가 있을지도 모르는데 그걸 쓰면 어떡해요? 내 말이 틀려요, 고모?"

억박지르는 외숙모 말이 끝나고도 엄마의 대답이 들리지 않았다. 날선 적막이 흘렀다.

"아무튼 고모, 지켜야 할 것은 지켜야 해요. 함께 사는 동안은 말예요. 애들한테 단단히 일러 주세요."

"네, 언니. 죄송해요. 조심 시킬게요…."

엄마 대답을 뒤로하고 외숙모가 휑하니 멀어져 갔다. 뒤이어 엄마가 안방으로 들어가는 소리가 들렸다. 피자 박스 접는 소리도 들려왔다. 지역신문에서 피자 박스 접는 아르바이트를 본 것이다.

"무슨 일이든 해야 너희들 안 굶기지."

이 말을 들을 땐 심장이 아렸다.

그나저나 억울함이 소용돌이쳤다. 내가 도둑질이라도 했나? 발딱 일어났다. 내 인기척에도 엄마는 박스 접기를 계속했다.

"엄마, 저 머릿니 없어요. 승주… 걔가 쓰라고 줘서 한 번 빗어 본 거예요. 아니 김밥 가지고 올라갔더니… 아, 싫다는데도 막 놀자고 하잖아요."

전에 없이 더듬거리며 장황하게 말을 늘어놓았다. 엄마는 내 편이니까 장단을 맞춰 줄 거라는 기대도 있었다. 그럼에도 엄마는 무표정한 얼굴을 들지 않았다. 듣고 있는 걸까? 시무룩하게 엄마를 불렀다.

"엄마…."

"괜찮아."

엄마가 짧게 대답했다. 상했을 마음은 뒤로한 채 무심한 듯 나직하게. 나는 외숙모가 밀쳤다는 말은 하지 않았다. 지금은 하지 않는 편이 나을 것 같았다.

"그렇죠? 그렇죠, 엄마? 그러게 제가 올라가기 싫다고 하는데 왜 자꾸 보내세요."

괜스레 어깃장을 놓으며 엄부럭을 부렸다.

"그래, 알았다. 이제 안 보낼게. 나가서 동생들 찾아와. 놀이터 간다고 했다."

시선을 피하던 엄마가 물끄러미 눈을 들었다. 수척해진

얼굴에 거뭇거뭇하게 기미가 퍼져 있었다. 이번엔 내가 시선을 피하며

"그럴게요!"

부러 씩씩한 척 방 밖으로 나갔다. 짓누르듯 무거운 공기를 털어 내고 싶었나 보다. 기분이 풀린 것처럼 콧노래까지 흘리며 운동화에 한쪽 발을 넣는데 들렸다. 엄마의 흐느낌이…. 삼키던 속울음이 무너지고 있었다. 나는 밖으로 나와 가만히 현관문을 닫았다.


"다들 안방으로 와!"

우리를 기다렸는지 현관문을 들어서자마자 엄마가 불렀다. 목소리가 비장하기까지 했다. 영문을 모르던 동생들이 쑥덕거렸다.

"너 뭐 잘못했어?"

둘째가 셋째를 보며 속달거렸다. 안방에 먼저 들어가라며 서로 밀기도 했다. 풀이 죽어 옥신각신하던 끝에 모두 안방

에 들어섰을 때다.

방 가운데 넓게 펼친 신문지와 참빗이 보였다. 그랬다. 머릿니를 잡으려는 거였다. 시골 살 때는 매번 이렇게 머릿니를 잡았다. 이제야 이해가 된 우리 넷은 긴장을 풀고, 신문지를 가운데 둔 채 빙 둘러앉았다.

"경이 너부터."

엄마가 내게 눈짓을 했다. 나는 엄마 마음을 어렵지 않게 눈치 챘다. 머릿니가 없다는 것을 빨리 확인하고 싶었던 거다. 나는 무릎걸음으로 다가가 머리를 들이댔다.

싹싹, 참빗이 내 머리를 빗겼다. 나는 숙인 채 눈을 크게 뜨고 신문지에 코를 박고 살폈다. 툭, 검은 깨만 한 이가 떨어지면 어쩌나 조마조마했다. 제발, 제발, 속으로 빌었다.

마음을 보깬 덕분인지 깨끗했다. 서캐조차 없었다.

"됐다."

엄마가 내 머리를 일으켜 세웠다. 엄마와 내 눈이 마주쳤다. 엄마 눈이 웃었다. 찜찜함을 벗어던진 내 눈도 따라 웃었다.

둘째, 셋째, 막내도 차례차례 빗질을 했다. 자신 있게 말하지만 이는 없었다. 그렇지만 셋째 머리에서 나온 마른 서캐가 엄마 표정을 싹 바꿔 놓았다.

"이미 죽은 서캐야! 괜찮아, 엄마."

우리는 북적거리며 난리인데 엄마는 단호했다. 욕실로 우리를 밀어 넣었다. 그날 우리는 머리를 감고, 또 감았다. 한 번만 더, 한 번 더, 엄마의 주문이 끝날 줄 몰랐다.


여름방학이 되고 처음으로 맞는 아침이었다. 우리는 달게 늦잠을 잤다. 자면서도 허기를 느꼈는데 열 시 쯤 되었을까? 닭백숙 냄새가 코끝을 스쳤다. 처음에는 꿈이려니 했는데 그 냄새가 나를 일으켰다. 동생들도 덩달아 눈을 비비며 허리를 세우고 앉았다.

"언니야, 닭고기 냄새가 난다."

둘째가 코를 벌름대며 냄새에 집중했다.

"엄마가 우리 닭백숙 해 주려나 봐."

셋째도 손등으로 눈을 비비며 입맛을 다셨다.

"아니야, 엄마가 오늘 아침엔 김치국밥 해 먹자고 했어."

정신을 차린 내가 도리질을 쳤다.

"찬밥이 있으니 내일 아침에는 김치국밥 해 먹자."

잠들기 전에 이렇게 들었다. 더구나 닭이라니. 엄마가 슈퍼에 다녀오면 내가 물건 정리를 했다. 뭘 사왔는지 다 안다는 얘기다. 어제는 식용유 하나와 밀가루가 전부였다. 그런데도 닭 삶는 냄새는 몰큰, 더 진해졌다. 나도 모르게 자리를 박차고 일어났다.

"내가 나가 보고 올게."

바람 빠르기로 달려 나갔지만 그럼, 그렇지. 아니었다. 엄마 방은 아직 조용했다. 텅 빈 부엌을 뒤로하고, 우리 방으로 되돌아왔다.

"것 봐, 우리 집은 아냐."

예상은 했지만 말에 살짝 실망이 묻어났다.

"그럼 어디서 냄새가 오지?"

먹성 좋은 둘째가 눈을 또록또록 굴렸다.

"듣고 보니 그런 것 같아. 2층이다, 2층!"

셋째도 검지를 세워 2층을 가리켰다.

"그럼 조금 있으면 큰외삼촌이 가져다주겠다. 그지?"

둘째가 연달아 박수를 쳤다.

"맞아! 맞아! 큰외삼촌은 나를 예뻐해서 주려는 거야!"

볼우물까지 키우며 막내 웃음이 방글방글 번졌다. 막내는 이사 오던 날 큰외삼촌을 기억하는 것 같았다. 그날 큰외삼촌은 막내의 갈래머리를 쓰다듬어 주었다. 그것으로 끝이었다. 그 뒤로는 큰외삼촌을 마주친 적도 없었다. 그런데도 막내는 그날 일이 마음 깊이 자리 잡은 듯 했다.

여름이 온 뒤로 정원 잔디가 쑥쑥 자랐다. 큰외삼촌이 주로 잔디를 깎는 바람에 몇 번 본 적이 있다. 윙윙거리는 기계 소리며 삼촌이 내뱉는 거친 숨소리가 조용하기만 한 반지하를 사람 사는 집같이 만들어 주었다. 그리고 보니 오늘

일요일이지? 잔디가 한 뼘이나 더 자랐으니 정원으로 나오겠네. 정원으로 나오는 김에 우리 집 문을 두드리겠지?

"맛이나 봐라."

멋쩍어하며 닭백숙을 내밀지 않을까? 내 얼굴에도 미소가 번졌다. 그렇다고 큰외삼촌에 대한 서운한 마음이 풀린 건 아니지만.

즐거운 기다림이었다. 얼마 만에 먹어 보는 닭고기인지 모른다. 정원 뒤란에 키우던 닭을 잡았을까? 아니면 사 온 닭일까? 뒤란 닭이라면 조금 불쌍했다. 우리 때문에 죽은 거잖아. 동생들 몰래 잠깐 묵념하며 명복을 빌었다.

막연한 기다림은 꽤 길게 느껴진다. 현관 쪽은 여전히 아무런 기미가 보이지 않았다. 마침 부엌에서 달그락거리는 소리가 들렸다. 아침 준비를 하는 엄마의 분주한 발소리며 "간장이 가만있자, 어디 뒀더라?" 혼잣말까지 죄 들렸다.

"어엄마아!"

참다못한 막내가 엄마를 외쳐 불렀다.

"어머나, 일어들 났어?"

엄마가 대답 없이 우리 방으로 들어섰다. 우리는 이불 속에 다리를 넣고 조르르 앉아서 엄마를 쳐다봤다. 엄마 눈이 커다래졌다.

"엄마! 큰외삼촌이 닭고기 가져다주실 거예요. 그러니깐 국밥 안 끓여도 돼요."

막내가 희망에 부풀어 통통거렸다.

"무슨 소리야?"

엄마가 날선 눈으로 채근했다.

"아니, 닭 삶는 냄새가 나는데 2층 같아서요. 큰외삼촌이 가져다주지 않을까 해서요."

나는 엄마 눈치를 살폈다.

"좀 더 자. 국밥 다 되면 깨울 테니…."

엄마는 말끝을 흐리는데

"아냐! 닭고기 먹을 거야!"

막내가 심통을 부렸다. 엄마는 몇 초간 막내를 그윽하게 바라보았다.

"닭고기가 어디 있어. 엄마가 돈 벌어서 사 줄게. 알았지?"

"큰외삼촌이 가져다줄 거란 말예요!"

막내도 희망을 놓지 않았다.

"큰외삼촌 집에서 나는 냄새가 아닐 수도 있잖아. 다른 집일 수 있고…."

막내의 오기에 당황했는지 엄마 표정이 금세 누그러졌다.

"아니야. 옆집은 저렇게 담이 높아서 냄새가 못 와!"

박박 우기던 막내는 쭈그러지게 얼굴을 구겼다.

"냄새는 담이 높아도 잘 와. 시골 살 때 생각해 봐. 밭에 거름 내면 냄새가 온 마을에 퍼졌잖아. 기억나지?"

엄마가 쪼그려 앉더니 막내와 눈을 맞췄다. 막내가 눈을 끔벅이며 입을 쭉 뺐다.

"냄새는 산도 넘어. 강도 건너고 바다도 날아가. 그러니 좀 더 누워 있어. 엄마가 후딱 국밥 해 줄게."

말을 끝낸 엄마가 몸을 일으켰다. 막내는 얕은 한숨을 한 번 내뱉더니 발랑 누웠다. 엄마는 막내와 우리를 눈에 담더니 부엌으로 나갔다. 우리도 막내를 따라 쪼르르 누웠다. 이불을 목까지 끌어 덮었다.

툭, 툭, 투둑!

마침 빗방울이 유리창을 두드렸다.

"어, 비 온다."

둘째가 유리창을 가리켰다. 작달비가 세차게 정원을 두드리고, 창문에 흙이 튀었다.

"어! 장맛비야? 장마면 밖에도 못 나가는데… 뭐하고 놀지?"

셋째가 뾰로통해졌다. 셋째뿐만 아니라 모두 힘이 빠졌다. 분위기를 바꿔야 했다.

"우리, 노래 부르기 하자. 차례대로 노래 부르기, 어때?"

내가 좋은 생각이 떠오른 듯 목청을 높였다.

"나부터 할 거야!"

막내의 호응을 시작으로

"그런 게 어디 있어! 가위, 바위, 보로 정해!"

셋째가 이불 밖으로 팔을 흔들었다. 우리는 모두 동시에 '가위, 바위, 보!'를 외치며 순서를 정했다. 둘째, 셋째, 막내 그다음 나 이런 순서였다.

노래를 시작했다. 한 곡, 두 곡, 노래가 방 안을 채웠다. 타닥 타닥 창문을 두드리는 세찬 빗소리는 메트로놈이 되었다.

우리는 노래자랑에 나온 것처럼 노래를 뽐냈다. 입 모양은 예쁘게, 까딱까딱 고갯짓도 했다.

나는 '동네 한 바퀴'를 부르며 살던 시골집을 떠올렸다. 다 같이 돌자, 동네 한 바퀴, 아침 일찍 일어나 동네 한 바퀴. 내가 돌던 동네를 놓칠까 봐 허겁지겁 뒤따랐다.

지금쯤 뒤뜰에서는 대숲바람이 선선할 거다. 장독대에는 제비꼬리나비 쉬어 갈 거고, 맨드라미는 빨간 주름치마 뽐내고 있을 거다. 우리가 돌아왔나 으스름달은 우리 마당에 다녀가겠지. 마을 사람들도 오며 가며 대문 안을 기웃거리겠지. 과부라며 엄마를 따돌리던 사람들도 뼈아픈 후회를 하고, 나를 놀리던 아이들도 미안해하고 있겠지. 과수원을 오르는 길섶이며 논틀밭틀에 방아깨비, 메뚜기가 지천일 거고, 산골은 여름과 실컷 놀겠지? 손에 잡힐 듯 훤한 풍경을 노랫소리에 담았다. 우리를 힘들게 했던 일들은 지우고, 그 자리를 행복한 추억으로 덧입혔다.

뒤이어 동생들도 따라 불렀다. 한참을 부르고 나서 달달한 국밥 냄새에 흠흠, 도리깨침을 삼킬 때였다.

"밥 먹자!"

엄마의 신호에 우당탕탕 싱크대 앞에 놓인 상 앞에 둘러앉았다.

"난 두 그릇, 아니 세 그릇 먹을 거야."

손가락을 펴 보이는 막내를 보며 엄마가 말갛게 웃었다. 닭은 잊고 유난히 떠들썩하게 김치국밥을 먹었다. 호호 불어 가며 먹는 동안 귀를 세웠지만 큰외삼촌은 끝내 내려오지 않았다.

"어디 가는데?"

세수를 마친 엄마 근처를 돌며 넌지시 물었다.

"응, 주민 센터에⋯."

엄마는 어깨까지 내려온 머리를 하나로 잘끈 동여맸다. 낡은 선풍기 바람이 달달달 소리를 내며 후텁지근한 반 지하를 돌아다녔다.

"왜?"

"일자리 있나 알아보려고⋯."

"무슨 일을 하려고?"

"무슨 일이든."

"몸도 약하면서."

"박스 접는 일로는 턱도 없잖아."

턱도 없다는 말에 말문이 막혔다. 진동걸음으로 현관을 나서던 엄마는 꾹꾹 힘겹게 계단을 오르며 사라졌다.

심심해진 막내가 내 바짓가랑이를 잡았다.

"언니야, 우리 배트맨 놀이 하자."

"우리 밥 먹기 전에 놀았는데?"

"그래도 심심해."

"항상 안 심심할 수는 없어."

막내를 당겨 안았다.

"근데 우리 언제 이사 가?"

"이사 가기 기다리고 있는 거야?"

"응, 우리 시골집으로 가고 싶어."

막내가 '시골집'이란 말에 힘을 주었다.

"친구들도 보고 싶어. 거기 탱자나무 줄지어 선 골목에 개구멍도 생각나. 눈 감으면 다 생각나."

시무룩해진 막내가 입을 삐죽였다. 그런 막내 머리카락을 쓰다듬는데 콧등이 시큰해졌다. 이 분위기에서 벗어나야 해. 최대한 빨리.

"아, 막내야. 배트맨 놀이 하자고 했지?"

내가 퍼뜩 서랍장을 열었다. 이것저것 잡다한 것들을 넣어 두는 서랍이라 용도를 알 수 없는 물건이 뒤죽박죽 엉켜 있었다.

"어디 보자, 보자기가 어디 있더라."

손을 쑥 넣어 뒤스럭거렸다. 우리 막내, 배트맨 망토를 찾아야지, 어디 있나. 보물찾기를 하듯 뒤적거리다가 찾았다.

"여기 있네. 짜잔!"

한과를 포장했던 샛노란 보자기인데 놀 때는 황금 망토라고 칭했다.

"자, 뒤로 돌아 봐."

보자기를 막내 목 뒤로 묶었다. 막내가 팔랑거리며 제자리에서 돌았다. 이내 막내 얼굴이 활짝 펴졌다.

"배트맨!"

막내가 배트맨을 외치며 한 팔을 쭉 내밀 때였다. 현관문 두드리는 소리가 들렸다. 통, 통, 통.

"누구세요?"

가끔 잡상인이나 종교인들이 문을 두드려서 경계하는데 어른이 아니었다. 불투명 유리에 키 작은 머리통 끝이 비쳤다. 동생들도 보자기 하나씩 두르고 내 뒤를 주르르 따랐다.

"누구야?"

어른이 아니라 마음이 놓여서일까? 내가 다짜고짜 반말로 캐물었다. 그래도 모르잖아. 키 작은 어른일 수도 있으니 흐트러뜨리지 않은 자세로 귀를 기울이는데

"언니!"

맑고 순한 목소리, 내 눈이 화들짝 커졌다. 승주인데? 경계를 풀고 벌컥 문을 열었다. 예상대로 승주였다. 승주는 방글거리며 말을 걸었다.

"언니, 나 놀러 왔는데 괜찮아?"

나는 선뜻 대답을 하지 못했다. 생각지도 못한 방문이었으니까.

"언니는 엄마랑 레슨 갔고, 나 혼자라 심심해서…."

승주가 목소리를 키웠다. 나는 흔쾌히 문을 열었다.

"어서옵쇼."

우스꽝스럽게 촐랑거렸다. 허리를 굽히고 한 쪽 팔을 집

안으로 뻗어 안으로 들어서라는 시늉을 했다. 승주가 호응하듯 사부자기 안으로 들어섰다.

"뭐하고 있어?"

우리 목에 묶인 보자기를 가리켰다.

"응, 배트맨 놀이 하려고 해. 언니도 할래?"

막내가 방싯거렸다.

"응, 재미있겠다! 나도 할래."

승주가 박수까지 치며 팔짝거렸다.

"근데 보자기가 없는데…."

곤란해하는 둘째와 눈이 마주쳤다. 배트맨 놀이는 보자기가 필수다. 어쩌나. 나도 골똘해졌다.

"응, 그럼 우리 집에 가서 가져올게!"

승주가 뭔가 생각난 듯 몸을 돌렸다.

"그래! 그럼 가져와. 우리 놀고 있을게."

둘째 말에 승주가 부리나케 밖으로 나갔다.

우리는 우르르 작은 방으로 갔다. 막내가 책상에 올라갔다. 거기서 배트맨을 외치며 방바닥으로 떨어지는 놀이인데 뛰어내리려다 멈칫! 나를 불렀다.

"언니들, 칙칙이 좀 줘."

"분무기는 왜?"

"배트맨이 비 오는 날 비행하는 걸로 할래!"

"오, 참신한데!"

서로 이야기를 만들어 가며 와글거렸다. 셋째가 욕실에 있던 분무기를 가져와 방바닥에 칙칙 물을 뿌렸다.

"됐어! 그만, 그만!"

흡족해진 막내가 폼을 잡더니 배트맨을 외쳤다. 우리는 환호하고, 막내는 배트맨이 된 듯 하늘을 날았다.

"막내야, 배트맨 돼서 어디 가는 거야?"

"응, 시골 우리 집에!"

준비된 대답이었는지 거침이 없었다. 시골 우리 집! 상상만 해도 마음이 펴졌다. 배트맨이 아니어도 좋아, 갈 수만 있다면 얼마나 좋을까. 모두 같은 생각을 했는지 갑자기 조용해졌다.

"그런데 왜 승주 언니는 안 와?"

정적을 깬 건 막내였다. 막내가 창 쪽을 손짓했다.

"그러게, 왜 안 오지?"

"언니, 내가 가 볼게!"

둘째가 눈 깜짝할 사이에 현관으로 달렸다.

"언니, 2층에 가 보고 싶어서 그러지?"

셋째가 방문 앞에 서서 능글거렸다.

"무슨 소리야, 걱정이야, 걱정!"

둘째가 펄쩍 노루뜀을 뛰는데

"응, 가서 같이 와."

나는 둘째에게 힘을 실어 주었다.

쾅!

둘째가 문이 부서져라 달려 나갔다. 얼마나 지났을까? 둘
째가 거친 숨을 매단 채 달려왔다.

"언니야! 언니야!"

우리도 현관으로 우르르 몰려갔다.

"왜? 왜 그래?"

내가 달려온 둘째를 붙잡았다.

"언니! 승주가… 승주가 다…다쳤어. 어떡해!"

"뭐? 가 보자, 어서!"

사느래져서 튀어 나갔다. 놀라서 징검돌도 챙겨 밟지 못했는데 아니나 다를까, 승주가 찔끔찔끔 눈물을 찍어 내고 있었다. 2층으로 오르는 중간쯤 계단이었는데 왼쪽 무릎에 피가 고였다. 계단에는 보자기와 바나나 우유 네 개가 뒹굴고 있었다. 우리에게 주려고 챙겨 왔던 걸까. 내 눈자위가 시큰해졌다.

"승주야! 괜찮아? 다른 데는 다친 데 없어?"

승주가 아픈지 엷게 눈살을 찌푸렸다.

"야! 큰 소리로 우리를 부르지, 이러고 있냐."

둘째가 안타까워하며 얼굴을 찡그리는데

"응, 안 아프면 일어나려고 했는데 계속 아파서…."

하얀 승주 얼굴이 더 하얗게 일그러졌다.

"자, 우리 집으로 가자. 약 바르게…."

승주를 곁부축하며 일으켰다. 둘째도 날래게 도왔다.

"언니, 저 바나나 우유도 가져가서 먹자."

승주가 눈짓으로 우유들을 가리켰다. 우유 통에 이슬이 맺히기 시작했다.

"그래도 돼?"

어쩐지 내 목소리가 기어들어 갔다. 정원엔 하얀 꽃씨들이 눈송이처럼 날고 있었다.

"당연하지, 언니!"

순하게 웃는 승주 머리에 꽃씨들이 자꾸자꾸 내려앉았다.


"얘들아, 2층에 와서 놀아라."

큰외삼촌이 우리를 불렀다. 이사 온 뒤 처음 있는 일이었다. 우리는 바람처럼 계단을 올랐다. 제일 마지막으로 현관에 들어선 나는 동생들 신발부터 가지런히 놓았다.

트집 잡히기 싫었다. 슬쩍슬쩍 외숙모 쪽을 살폈다. 5미터쯤 떨어진 대각선 방향의 부엌에서 이리저리 분주했다.

외숙모가 어떻게 생겼는지 지금쯤 궁금할 것이다. 두 눈부터 설명하자면 단추 구멍처럼 작은 데다 쪽 찢어졌다. 거기에다 눈꼬리가 위로 치켜 올라가서 어찌 보면 야비한 인상이었다. 얼굴엔 얽은 자국이 화산 분화구처럼 보이는데 짙은 화장으로 가려서 자세히 들여다보지 않으면 모를 정도다. 몸집은 작고, 뚱뚱했다. 손가락으로 눌러도 들어가지 않을 것 같은 단단한 살집이었다.

거기에 비해 큰외삼촌은 헌걸스러웠다. 우리 엄마와 같은 계란형 얼굴에 쌍꺼풀진 눈이 서글서글한 미남이었다. 피부도 뽀얀 데다 이목구비도 뚜렷했다.

이렇게 다른데 어떻게 결혼을 했을까? 고민 끝에 나름 합리적인 결론을 내렸다. 큰외삼촌이 속아서 결혼했을 거라고 말이다. 옛날엔 신랑, 신부가 결혼하는 날 처음으로 얼굴을 봤다고 들었다. 어쩔 수 없이 함께 사는 거라고 철석같이 믿었다.

동생들은 승주 방에서 깔깔거리며 놀았다. 나는 궁싯거리다가 까맣고 윤이 나는 소파 근처로 갔다. 소파에 앉으려다가 마룻바닥에 무릎을 꿇고 앉았다. 근엄한 2층 집처럼 소파마저 감히 넘볼 수 없는 자리 같았다.

외숙모는 오늘도 걸레를 들었다. 반들반들한 거실 마룻바닥을 자꾸 닦아 댔다. 나는 멋쩍게 몸을 일으켜 외숙모 옆으로 다가갔다.

"외숙모 제가 할게요."

엉거주춤 옆으로 다가앉는데 외숙모가 획 걸레를 쳐들었다.

"아냐, 애. 넌 지금 우리 집에 온 손님이야, 손님. 그런데 어떻게 걸레를 맡기니? 그리고 이렇게 청소하는 게 나의 즐거움이야. 내 즐거움을 뺏으면 안 되겠지?"

외숙모 서슬에 놀란 내가 엉덩방아를 찧으면서 그날 일이 떠올랐다. 승주 빗을 썼다는 이유로 포달지게 밀쳐지던 그날이.

의도하지 않은 상황이었던지 외숙모는 큰외삼촌을 힐끔거렸다. 큰외삼촌은 소파에 깊숙이 앉아 신문에 빠져 있었다.

외숙모는 우리가 2층을 활개치고 다니는 게 못마땅해 죽겠다는 듯 날이 서 있었다. 화가 치미는 걸 억지스러운 미소로 위장했다. 상냥한 척 갖은 애를 썼지만 난 알 수 있었다. 말끝마다 멸시와 괄시가 우리에게 향하고 있다는 것을 말이다.

우리가 손님이라니…. 그러면 손님 있을 때 저렇게 걸레질을 하는 것도 실례 아닐까? 엄마는 손님이 있으면 설거지도 멈춘다. 손님이 불편할까 봐서다. 이건 누가 봐도 빨리 내려가라는 무언의 압력이었다.

외숙모는 마룻바닥에 찍힌 우리 발자국을 필사적으로 닦았다. 얼굴을 바닥에 세워 자국을 찾아내 닦고 또 닦았다. 나는 그런 모습을 쌀쌀맞게 쳐다봤다.

기죽지 않으려고 애썼다. 오늘은 큰외삼촌이 불러서 온

것이다.

'한껏 느긋하게 여유롭게 웃어, 경아!'

내게 주문을 걸며 얼른 표정을 바꿨다. 미소를 지으려니 입가에 경련이 일었지만 최대한 크게 입꼬리를 올리며

"그럼, 설거지는 제가 할게요!"

성큼성큼 부엌 쪽으로 발길을 떼어 놓을 때였다.

"아, 아! 안 돼! 하지 마!"

외숙모가 두 팔을 휘저으며 볼썽사납게 달려왔다.

"아니야! 할 거 없어. 난 남한테 우리 집 설거지 안 맡겨. 하지 마."

두 손을 내저으며 을렀다. 나는 새침하게 눈을 내리깐 채 거실 구석에 놓인 골프채를 꼬나보았다. 그때 큰외삼촌이 신문 너머로 나에게 물었다.

"너희, 밥은 먹었니?"

밥… 나는 퍼뜩 밥때를 놓친 동생들을 떠올렸다.

"안 먹은 모양이구나. 여보, 애들 밥 좀 차려 줘요. 어제 그

갈비 남았지? 그거 구워서 애들 밥 좀 차려 줘요. 너희 밥 먹고 놀아라, 나는 피곤해서 좀 자야겠다."

큰외삼촌이 소파에서 몸을 일으켰다. 크게 기지개를 켜더니 구겨진 신문만 남긴 채 안방으로 들어갔다. 방문 닫히는 소리를 확인하던 외숙모는 콧김을 내뿜었다. 저러다가 쓰러지는 거 아닐까 싶을 정도로 좌불안석이었다.

부엌은 열 평 정도 되었는데 한 쪽 벽면은 호화로운 우윳빛 장식장 세 개가 차지하고 있었다. 그 안에는 화려한 접시들이며 금테를 두른 찻잔들이 제 모습을 뽐내며 번쩍거렸다.

동생들은 재잘거리며 식탁에 앉았다. 나는 식탁 옆에 서서 외숙모를 엿보다가 옆으로 다가갔다.

"외숙모, 제가 뭐 도와드릴 일은 없을까요?"

"아냐, 얘. 나는 부엌에 남이 얼씬거리는 거 무척 거북해."

거북하다는 말에 가시가 돋았지만

"저희는 남이 아니잖아요."

나도 모르게 넉살을 부렸다. 처량한 기분을 숨긴 채 외숙모에게 다가가 팔짱도 끼었다. 살이 닿자마자 외숙모가 모지락스럽게 팔을 빼냈다. 나도 뭐, 잇달아 팔짱을 낄 용기가 나지 않았다. 한 발짝 뒤로 물러나서 외숙모 등 뒤쪽으로 가서 섰다. 아금박찬 뒷모습에 서글픔이 몰려왔다.

나는 조용히 거실로 나와서 걸레를 집어 들었다. 외숙모가 했던 것처럼 얼굴을 세워 바닥에 댔다. 하나, 둘, 우리 발자국을 찾아 지워 나갔다.

그러는 동안 식탁에 대여섯가지 반찬들이 차려지고, 전기 밥통을 열자 모락모락 김이 올랐다. 조금 더 있자니 커다란 접시에 갈비가 놓였다. 갈비… 아버지 생신 때 먹어 본 뒤로 처음이었다.

"와! 갈비다! 반찬도 굉장히 많아!"

방에서 나온 아이들이 환호성을 질렀다. 그 순간은 외숙모의 냉갈령도 상관없었다. 동생들이 식탁에 둘러앉은 모습만 보아도 마음이 놓였으니까. 외숙모는 여전히 못마땅한 표정을 숨기지 않았다.

"그래, 얘들아. 차린 건 없지만 많이들 먹어라."

마지못한 인사에

"그런데 외숙모! 이렇게 반찬이 많은데 차린 게 없다고 해요?"

둘째가 이상한 듯 고개를 갸웃거렸다.

"얘! 그럼 손님 초대해 놓고 반찬 많이 차렸으니 많이 드세요! 그러니, 어디?"

양냥거리며 둘째를 맵게 흘겨보았다.

"아, 그런데 외숙모. 우리를 왜 자꾸 손님이래요?"

셋째가 작심한 듯 거들었다.

"너희가 우리 가족은 아니잖니. 영주, 승주, 큰외삼촌, 나, 이렇게 네 사람을 가족이라고 하지. 말하자면 너희들은 친척이라고 하는 거야. 그러니까 친척은 손님이지."

외숙모가 발끈하며 쐐기를 박았다.

"아! 그렇구나. 시골에서는 이웃도 가족처럼 여기고 사는데…."

그렇지만 둘째도 지지 않았다.

"맞아! 뒷집 아줌마도 이모라고 부르고, 우리 밥도 줘."

셋째도 식탁 아래로 발을 까불며 거들었다. 나는 치사해서 비위가 뒤틀리기도 했지만 한편으로는 쾌재를 불렀다. 동생들 말이 맞든 안 맞든 그게 무슨 상관이람. 그저 외숙모가 말문이 막히고 얼굴이 점점 일그러지는 것이 통쾌했다. 답답하던 속이 뻥 뚫렸다.

"와! 오늘 잔칫날 같다, 그치? 먹고 더 먹자!"

나도 옆자리에 앉으며 동생들을 부추겼다.

"응, 언니야! 여기 갈비 다 먹고 또 더 줘!"

막내가 고기를 입에 문 채 응석을 부렸다. 배가 고픈 게 좋을 때도 있구나. 식욕을 느낀 나도 숟가락을 들었다. 실컷 먹어 볼 요량으로. 나까지 가세하자 외숙모는 열이 뻗치는지 부들거렸다. 붉으락푸르락 부엌을 쌩 나가 버렸다.

# 3. 틈새 집

방학은 빠르게 흘러갔다. 반 지하 창으로 라일락꽃 향기가 들락거리며 달빛에 물들고 함께 흔들렸다. 태풍이 남기고 간 칡꽃 향기도 보랏빛으로 서성댔다.

엄마한테 구두가 필요했다. 개학하자마자 상담이 잡혔는데 전학 온 뒤 첫 방문이었다.

생각해 보니 엄마는 늘 운동화 차림이었다. 구두 신은 모습을 본 적이 없었다.

"엄마! 구두 하나 사세요!"

신발장을 뒤적이는 엄마를 향해 불퉁가지를 부렸다.

"내가 구두 신을 일이 있나 뭐…."

대답과 함께 엄마 얼굴에 난감한 표정이 스쳤다.

"그럼 어떡해요. 당장 신어야 하는데."

"…."

"제 구두는 작아서 안 되고…."

신발장 제일 위 칸에서 내 구두를 꺼내 들었다. 시골 살 때 엄마가 사 준 구두였다. 추석빔으로 장날에 산 까만 구두인데 비닐 코팅이 되어 있어서 반짝거렸다. 아껴 신기도 했지만 말이다.

엄마가 구두를 물끄러미 쳐다보았다. 엄마의 꿍꿍이를 읽은 내가

"아, 애들 구두예요!"

도리질과 함께 구두를 등 뒤로 숨겼다. 아무리 내 발이 커서 엄마랑 사이즈가 같긴 해도 그렇지 절대로 내어 주지 않을 생각이었다. 엄마는 아이처럼 콧소리를 냈다.

"한 번만 빌려주라!"

"안 돼요! 제 거예요."

나는 구두를 쳐들며 익살을 부렸다.

"그럼 어떡하니. 운동화 신고 학교에 갈 순 없잖아."

엄마가 난처한 표정을 지었다. 이럴 의도는 아니었는데 분위기가 갑자기 가라앉았다.

"그러니까 한 켤레 사세요."

어차피 이렇게 된 거 나는 계속 고집을 부렸다. 그때 뒤에서 있던 둘째가 껴들었다.

"엄마! 외숙모한테 빌려달라고 해요. 외숙모 구두 무지무지 많아."

"외숙모가 아끼는 신발을 빌려달라고 하면 쓰나."

엄마 말에 슬며시 한숨이 배었다. 그 모습에 부아가 났지만

"안 될 건 없지 않아요? 말이라도 해 봐요!"

내친김에 나도 쑤석거렸다. 달라는 것도 아니고 더욱이 남도 아닌데 말도 못 하나? 내 속에서 무언가 버둥거리며

고개를 쳐들었다.

엄마는 꽤 머뭇거렸다. 조심스러운 듯했다. 갈피를 못 잡던 엄마가 작정하고 현관을 나섰다.

"그럼 2층 갔다 올 테니 여기들 있어."

엄마가 나간 뒤 나는 의기양양해졌다. 어쩐지 뿌듯하기까지 했다.

"그래도 혈육이 있으니 좋네."

마음이 놓여 우쭐거렸다. 엄마가 구두를 빌려 환하게 돌아오는 상상을 하니 '그것 봐, 사람들이 공연히 혈연관계를 찾겠어?' 배식배식 웃음이 삐져나왔다.

"맞아, 맞아! 그럼 우리도 몰래 따라가 보자."

둘째도 맞장구를 치며, 신발을 꿰어 신는데

"왜 몰래 나가?"

뒤따르던 막내가 둘째 말꼬리를 잡았다.

"응, 외숙모가 우리 나오는 거 싫어하니까."

언짢아진 둘째가 고개를 숙이는데 내가 다가가 끌어안

았다.

"괜찮아. 여기도 우리 집이야. 몰래 안 나가도 돼. 우리 다 같이 나가자. 그러면 됐지?"

내 말에 둘째가 활짝 밝아졌다.

우리는 신발을 신고 오르르 정원으로 나갔다. 잔디를 피해 징검돌만 밟으며. 이 집은 잔디마저 주인 같았다. 그때 앙칼스러운 말소리가 우리를 무춤 세웠다.

"그건 말도 안 돼요, 고모."

외숙모였다. 2층, 조금 열린 현관 밖에 엄마가 서 있었다. 외숙모가 현관 안쪽에서 팔짱을 낀 채 턱을 쳐들었다.

"아니, 구두를 빌려달라니요. 이건 예의가 아니잖아요, 고모?"

고개를 떨어뜨린 엄마는 말이 없었다. 모르는 사람이 보면 큰 잘못을 저질렀나 생각할 만큼 힘담 없는 모습이었다.

"언니. 애들 학교에 가 봐야 하는데 구두가 없어서요. 깨끗하게 신고…."

힘겹게 고개를 든 엄마는 목이 메는지 말을 잇지 못했다.

"고모, 안 되는 건 안 되는 거예요."

엄마가 떠밀리듯 현관 밖으로 물러서자 현관문이 닫혔다.

쾅! 현관 닫히는 소리가 내 심장에 대못처럼 박혔다. 나는 입술을 감물었다. 겨울도 아닌데 부들부들 떨렸다. 두 주먹을 부르쥐었다.

'엄마가 저런 모욕을 당한 건 나 때문이야. 내 구두를 드렸더라면…. 그럼 저런 수모를 당하지 않아도 되었어.'

이런 생각이 들자 돌덩이로 내 몸을 채운 듯 꼼짝할 수가 없었다. 지금 엄마는 사막 한 가운데 홀로 선 기분일 거다. 가슴이 저몄다. 지금이라도 2층으로 뛰어올라 현관문을 차버리고 싶었다. 마음 같아서는 신발장의 구두까지 모조리 정원에 내동댕이치고 싶었다.

그렇지만 화풀이가 우리에게 무슨 도움이 될까? 나는 스스로를 얼렀다. 무엇보다 지금 엄마가 가장 비참할 테니까.

동생들을 돌려세워 집으로 몰았다.

'침착하자, 침착하자.'

나를 다독이는 동안 엄마 발걸음 소리가 들렸다.

"엄마!"

둘째가 때맞춰 문을 열고 어느 때보다 크게 엄마를 불렀다. 엄마는 그런 둘째를 보듬으며 들어섰다. 나는 엄마 앞에 대뜸 내 구두를 꺼내 놓았다.

"엄마! 마음이 바뀌었어요. 얼른 신어 보세요."

"안 된다며…."

나를 무감하게 쳐다보는 엄마 눈자위가 젖어 있었다. 나는 구둣방 아저씨처럼 무릎을 굽히고 앉아 엄마 맨발을 쥐었다. 작고 야윈 맨발이 차가웠다. 그 발을 조심스럽게 구두에 넣었다. 신데렐라가 유리 구두에 발을 넣는 장면 같았다.

"잘 맞네!"

엄마가 박꽃처럼 웃었다. 신을 만했다. 발등이 조금 부풀어 올랐지만. 문제라면 발등을 가로지르는 끈이었다. 조그만 딸기 그림 판박이가 조르르 붙은 끈….

내가 부리나케 가위를 가지고 왔다.

"왜? 뭐하려고?"

"자르려고요."

"왜 잘라? 놔두고 신으면 되지!"

엄마가 나를 말리려는 듯 손을 내저었다.

"지금 엄마한테 안 어울려요."

싹둑 재빨리 잘라 냈다.

"이제 됐다. 이제 어른 구두 같아."

가위를 든 채 엄마를 올려다보며 빙긋 웃었다.

"엄마! 엄마는 신데렐라야. 이제 구두가 맞았으니까 왕자랑 결혼해야 돼!"

막내가 박수를 치며 좋아했다.

"막내야, 왕자는 그럼 누가 할까?"

내가 막내를 반짝 안아 올리며 물었다.

"응, 내가! 내가 할래, 왕자!"

"그래? 우리 막내가 할래? 그럼 결혼하러 궁전으로 가실

까요?"

은결든 건 한 마디도 꺼내지 않고, 엄마가 지긋이 웃는데 소쩍새 소리가 들려왔다. 소쩍소쩍, 마치 위로를 하듯 소쩍소쩍.


막내가 보이지 않았다. 밖에 나갔던 둘째 홀로 집으로 돌아 온 거다.

"막내는?"

뒤를 살피며 묻는데 둘째가 고개를 가로저었다.

"나는 동네 애들이랑 게임하다가 오는 건데? 막내가 없어?"

우리들 대화를 들었는지 엄마 눈이 뚱그래져서 방에서 나왔다.

"막내가 아까 너한테 간다고 나갔어. 놀이터에 안 간 거야?"

"네, 못 봤어요."

대답하는 둘째 얼굴에 그늘이 졌다. 나도 불현듯 불안해졌다.

"안 되겠다, 애들아. 막내 찾자."

엄마가 다급하게 현관을 나섰다. 나도 파자마를 벗고 바지를 꿰입었다. 입으면서 이방, 저 방, '미야! 미야!' 셋째까지 불러 댔다. 둘이 잘 붙어 다니니 가능성이 컸지만 조용했다. 나는 허둥거리며 밖으로 나가 엄마를 불러 세웠다.

"엄마! 셋째도 없어요."

"그럼 둘이 함께 있는 걸까? 밖에 나가 보자."

돌아서는 엄마 뒷모습이 후줄근했다. 비쩍 말라서인지 계절과 맞지 않는 카디건이며 나일론 바지가 더 궁해 보였다.

나는 후딱 2층 계단을 올라 현관문을 두드렸다. 다행히 승주랑 놀고 있다면? 그렇기만 하다면 외숙모 눈총쯤이야 아무렇지도 않을 것이다.

쾅, 쾅, 쾅!

내가 두드리는 소리에 놀랐을까? 철컥, 철문이 반쯤 열렸다. 낮잠을 잤는지 눈을 비비며 외숙모가 섰다.

"왜 그러니?"

짜증이 담긴 눈을 뒤룩거렸다.

"저, 혹시 우리 동생들 여기 있나 해서요."

"아니, 네 동생들이 왜 우리 집에 있을 거라 생각했지?"

응그린 얼굴이 매서웠다. 대답할 것도, 더 들을 것도 없었다.

"… 네, 알겠습니다."

고개를 숙이는데 현관문이 사납게 닫혔다. 며칠 전 갈비일이 심기를 건드린 듯 했다. 그래도 그렇지. 걱정하는 말 한마디 않다니. 남도 아니고 조카다. 함께 찾지는 못할망정. 속이 부글부글 끓었다. 울화가 치밀었다. 야멸차게 닫힌 문을보며 외숙모에 대한 미움이 걷잡을 수 없이 커졌다.

"미야, 영아!"

동생들 이름을 목청껏 불렀다 . 2층 계단, 꼭대기! 제일 높은 데서 부를 테다! 더 잘 들리게!

"막내야!"

포효하는 내 소리가 정원을 지나 두터운 담장을 넘었다.

"미야!"

몸을 돌려 닫힌 현관문에다 대고 고래고래 악다구니를 썼다. 이젠 큰외삼촌도 미웠다. 이러려면 왜 이사를 시켰을까? 우리 교육 때문이라고? 골백번을 생각해도 의심스러웠다. 앞뒤가 맞지 않는 행동이잖아.

큰외삼촌만 아니었다면, 그랬다면 사막 한가운데 버려진 것 같은 이런 기분은 들지 않았을 거야. 엄마를 말리지 못한 후회가 가슴을 쳤다. 아버지가 돌아가셨다고 해도 고향이라면 어떻게든 살 수 있었다. 비록 불서럽고, 아팠지만 그래도 고향인 것이다. 그런데 우리 인생에 큰외삼촌이 뛰어든 거다. 왕래도 없었으면서 우리 교육 운운하며 엄마를 꾀어 서울로 불러들여 놓고 본숭만숭 하고 있는 것이다.

"막내야아아아아!"

울분을 터트리듯 이름을 부르는데

"미야아아아아!"

갈라진 엄마 목소리가 훅 달려왔다.

"경아. 애들이 안 보인다. 낯선 곳이라 멀리가지 않았을
텐데 안 보여."

계단을 빠르게 내려서는 내게 하얗게 질린 엄마가 다가
왔다.

"엄마, 걱정 마세요. 제가 계속 찾아볼게요. 여긴 집들이
띄엄띄엄 있고, 사람도 많이 살지 않잖아요. 바로 눈에 띌
거예요."

앞서 잠깐 말했지만 우리가 사는 곳은 서울 외곽이라 전
원 마을 같았다. 정원이 있는 이층집이 스무 채 남짓 띄엄띄
엄 곰처럼 앉은 곳이었다. 아이들도 주로 자가용을 타고 도
심으로 나가는 통에 놀이터도 보잘것없었다. 기껏 시소 하
나와 그네 한 쌍이 전부였다.

슈퍼도 마을 입구에 조그맣게 하나 있을 뿐이었다. 약국
은커녕 버스도 뜨문뜨문 다녔다. 도심에 있는 학교를 가려

면 풀잡맹이 길을 20여 분 걸어 나가야 했다. 시골 신작로처럼 방울나무 줄지어 선 가르마길 끝에 다다라야 버스 정류장이 있었다.

나는 거친 숨을 매단 채 마을을 뒤졌다.

"미야! 막내야!"

애타게 불러 대면서 머리를 굴렸다. 대체 둘이 어디로 간 걸까? 엄마 말씀처럼 여긴 동생들이 갈 곳이 없었다. 친구가 있는 것도 아니고 그나마 놀 만한 곳은 놀이터 밖에 없는데….

얼마나 뒤졌을까? 한 번도 가 본 적 없는 유치원 건물 앞에 다다랐다. 현재는 텅 빈 채 방치 된 곳인데 낮에도 무섬증이 들 정도로 으스스했다.

여기에도 없으면…. 어떡하지, 감쪽같이 사라져 버린 것이다. 머릿속이 싸늘해졌다. 둘을 영영 찾지 못하면 어쩌지? 스멀스멀 나쁜 생각이 기어올랐다.

"미야…, 막내야…."

입안엣말로 동생들을 불렀다. 다른 집 앞에 서서 안을 기웃거리기도 했다. 그럴 때마다 컹, 컹, 컹! 마당 개들이 놀라서 짖어 댔다. 목줄을 쩔거덕거리며 독이 올라 날뛰었다. 크르릉, 크앙! 한 집, 한 집 지날 때마다 맹렬하게 으르렁댔다.

저 개들은 이사 온 뒤 매일같이 나와 마주쳤다. 그런데도 눈알을 희번덕거렸다. 금방이라도 물어뜯을 듯 짖어 대는 개들이 정떨어졌다. 우리를 미워하는 외숙모도, 이 서울도 다 싫었다.

나뿐만 아니라 우리 가족 모두 어쩔 수 없는 이방인이었다. 마치 섞일 수 없는 물과 기름처럼 말이다.

동생들만 찾으면 시골로 돌아가자고 할 생각이었다. 엄마도 서울에 와서 피자 박스 접는 일만 했다. 종일 박스를 접고 나면 몸은 천근만근, 고개조차 들지 못했다. 그렇게 번 돈은 파스와 진통제 값으로 모두 썼다. 그래, 동생들만 찾으면 오늘이라도 당장 짐을 싸자고 할 것이다. 두 주먹을 불끈 쥐며

"미야! 막내야!"

목이 갈라지도록 동생들 이름을 불렀다. 그때 엄마 형체가 눈에 들었다. 아슥한 앞길 끝에서 내게 손짓하는 모습이 보였다.

"찾았어요오오?"

달려가는 내 심장이 튀어나올 것처럼 펄떡였다. 엄마는 다가선 내 손을 와락 붙잡았다.

"애들을 봤다는 사람이 있어. 저기 자전거 타고 가는 총각 보이지? 점심나절에 주유소에 석유 사러 가다가 봤대. 얘기를 들어 보니 우리 애들 같아. 신작로를 걸어서 주유소 쪽으로 걸어가더라는 거야. 그쪽은 한길로 나가는 길이잖아. 어쩌면 좋아. 얘들이 대체 어디를 간 거니."

자전거 한 대가 저 멀리 사라져 가고 있었다. 엄마가 말한 총각이 탄 자전거 같았다. 두리번거리는 엄마 눈망울에 두려움이 차올랐다.

한길로 나갔다면 문제가 달라진다. 생각이 거기에 미치자 가슴이 두방망이질 쳤다. 어쩌지… 나도 서울 지리를 잘 모르잖아. 잘 모르는 게 아니라 아예 모른다. 안다고 해 봐야 큰외삼촌 집에서 학교까지 가는 길이 전부였다. 그것도 버스를 타고 내리는 정류장만 눈에 익을 뿐이었다.

그때 둘째가 집쪽에서 달음질쳐 왔다.

"엄마! 언니! 미야도 없어! 둘이 함께 나갔나 봐!"

둘째는 집 근처에서 셋째를 찾고 있었던 모양이다.

"시골 살 때 셋째가 자주 장롱 안에 들어가 잤어. 근데 이불장에도 없고, 정원 구석에 있는 광 안에도 안 보여. 우리가 숨바꼭질하면 잘 숨는 곳인데 2층 계단 아래 보일러실, 거기도 없어."

둘째가 곁눈질로 엄마 눈치를 살폈다.

"그런 곳에서 놀면 안 돼. 약속해!"

두어 번 야단맞고 손가락 건 일이 생각났던 모양이다.

"애썼어, 진아. 둘을 봤다는 사람을… 만났어…."

엄마가 높낮이 없는 말로 읊조렸다. 한길 쪽으로 시선을 멈춘 채였다. 다리에 힘이 풀리는지 휘청거렸다. 둘째는 하얗게 질린 얼굴로 엄지손톱을 물어뜯었다.

"어쨌든 엄마는 한길을 따라 갈게. 너희들은 집으로 가."

"싫어요!"

"싫어요!"

둘째와 내가 다투듯 나섰다. 엄마도 서울 지리를 잘 모르기는 마찬가지였다. 이러다가 엄마마저 잃을까 봐 더럭 겁이 났다. 우리는 달려가 엄마 손에 매달렸다. 손이 얼음장 같았다.

"같이 가요, 엄마."

우리의 작은 힘에도 엄마가 기우뚱, 한쪽으로 기울었다. 더 실랑이할 기운이 없는지 아무렇게나 고개를 끄덕거리는데 오토바이 한 대가 빠앙, 빵! 성질을 부리듯 지나갔다.

"그래, 가자. 무슨 수를 써서라도 찾아야지."

읊조리던 엄마 얼굴에 저녁이 물들고 있었다.

여기가 고향이면 얼마나 좋을까? 고향에서는 어디에 숨든 안 봐도 훤했다. 작은 개구멍조차 빠삭했다. 탱자나무 개

구멍, 다복솔 뒤 작은 동굴, 덤불길 옆 백 년 된 두꺼비 구멍도 마찬가지였다. 담장을 가마니로 막아 놓은 학교 개구멍까지도 훤했다. 숨바꼭질할 때 잘 숨는 대숲, 강으로 내려가는 계단 옆 너럭바위 구멍은 어떻고. 눈 감고 그리라면 그릴 수 있을 정도였다. 어디든 우리 아지트였다.

대체 동생들은 어디로 갔을까? 가슴이 조여들었다. 마음이 급해진 엄마가 우리 손을 놓고 진동걸음으로 앞섰다. 풀어 헤친 머리가 헝클어져 제멋대로 날아올랐다.

우리들은 부지런히 두리번거렸다.

"내가 왼쪽 볼게, 네가 오른쪽을 봐!"

둘째에게 이르며 나는 힘껏 눈을 부릅떴다.

"영아! 미야!"

우리들 앞에서 동생들 이름을 외쳐 부르는 엄마 목에 핏대가 섰다. …영아, …미야! 숨통이 오그라드는지 두어 번 마른 침을 삼킨 엄마 입술이 파르르 떨렸다. 그때 자가용 두 대가 흙먼지를 일으키며 빠르게 스쳐 갔다.

엄마가 놀라 길섶으로 피했는데 까딱하면 도랑에 빠질 뻔했다. 내가 엄마를 낚아챘기에 망정이지 위협적으로 갈아붙이던 차들은 번뜩이며 멀어졌다.

이 동네 사람들은 걸어 다니지 않았다. 누구랄 것도 없이 자가용을 타고 다녔다. 나는 엄마를 안쪽으로 세웠다. 엄마가 다치면 안 된다. 자동차들이 달려올 때마다 엄마를 안쪽으로 자꾸 밀었다.

얼마나 걸었을까? 홍시 같은 노을이 서쪽 하늘을 물들이더니 눈 깜짝할 사이에 어두워졌다. 우리는 걸음을 잦추며 한길로 나왔다. 저만치 보이는 주유소에 대낮같이 환하게 불이 켜졌다.

"어떡하니…."

엄마가 울먹였다. 나는 엄마가 쓰러질까 봐 겁이 났다. 눈을 질끈 감았다가 떴다.

맏이다, 나는. 아버지가 없으면 아버지 대신이다. 부리부리하게 눈을 굴리며 둘째와 엄마보다 앞서 주유소 쪽으로 내쏘는데 주유기 앞에 앉아 신문을 펼치는 아저씨가 보였다. 나는 헐떡이며 아저씨 앞으로 다가섰다.

"아저씨!"

돋보기를 코에 반쯤 걸친 채 나를 쳐다보았다.

"아이들을 찾는데요. 조그만 여자애 둘인데, 지나가는 거 못 보셨어요?"

"여자애들?"

"네."

나는 어느 새 두 손을 마주잡았다. 엄마와 둘째도 다가왔는데 엄마 얼굴이 백지장 같았다.

"아니, 못 봤는데…."

아저씨 대답이 뚱했다.

"아, 그러니까 키가 요만하고요."

어떻게든 기억을 끌어내 볼 요량으로 내 허리춤을 가리켰다.

"머리는 양 갈래로 땋았어요. 얼굴은 예쁘장하고 눈은 쌍꺼풀이 있어요.”

애가 타는 내가 주춤 다가서는데

“못 봤다. 알다시피 여긴 오가는 사람도 거의 없어. 만에 하나 지나갔다고 해도 눈여겨 볼 틈이 없었을 거다. 여태 바빴거든.”

건조한 대답과 함께 손까지 내저었다. 기운이 쭉 빠졌다.

“그런데 그 애들 잃어버린 거냐?”

아저씨가 신문으로 시선을 돌리다 말고 무심코 되물었다.

“아니요, 그런 거 아니에요.”

‘잃어버린’이란 말이 귀에 거슬려 도리질을 쳤다. 그럴 리 없다. 동생들, 반드시 찾을 거니까. 무슨 일이 있어도 찾을 것이다. 나는 허리를 굽혀 인사를 남긴 뒤 돌아섰다.

엄마와 둘째는 발길을 돌려 한길 아래에 있는 굴다리 쪽으로 향했다.

“막내야, 미야!”

엄마의 절규가 굴다리 안으로 빨려 들었다. 저 굴다리는 우리에게 익숙했다. 학교 가는 버스가 굴다리를 건너야 도심으로 향했으니까. 만약 동생들이 한길로 나왔다면 도심 쪽으로 갔을 것이다. 익숙한 길을 택할 가능성이 크지 않을까? 그나마 다행인 건 반대 방향으로는 인도가 없었다. 봄에는 풀잡맹이 길섶이었는데 지금은 잡초가 우거져 빽빽하게 뒤덮었다. 나는 나름대로 추리를 이어갔다. 숨을 가다듬으며 잠시 골똘해졌다. 침착하자, 미간을 좁히며 엄마와 둘째 뒤를 따랐다. 사방은 진즉에 캄캄해졌다.

내가 다가서자 창백해진 엄마가 숫제 우는 소리를 냈다.

"파출소로 가야겠다. 더 늦기 전에…."

아버지가 돌아가신 뒤 처음 보이는 모습이었다. 절벽 끝에 선 듯 허허로운 저 모습은.

굴다리를 벗어나서도 우리는 한 발짝씩 앞서거나 뒤서며 동생들 이름을 불러 젖혔다. 멀거니 우리를 지켜보던 풍경은 어둠 속으로 서서히 몸을 숨겼다. 컴컴한 수풀도 비밀스럽게 웅크렸다.

"내 새끼들, 제발…."

엄마 입에서 신음이 새어 나왔다. 그렇게 얼마나 걸었을까? 저 멀리 맞은편에서 희뿌연 것이 보였다. 우리 쪽을 향해 걸어오는 움직임이었다.

우리는 동시에 우뚝 멈췄다. 나도 눈을 가늘게 떴다. 사람인가? 사람이야? 사람은 사람인데 어른은 아닌 듯했다. 순간 쭈뼛 소름이 돋았다.

"엄마, 아이들 같아요!"

내가 펄쩍 날아올랐다. 꺼져 가던 엄마와 우리는 허우적거리며 앞으로 나아갔다.

"언니, 엄마! 쟤들 막내하고 셋째 같아요!"

확신에 찬 둘째가 침을 튀겼다. 앞장서서 달리던 엄마가 고꾸라질 듯 위태위태했다.

"내 자식들, 내 자식들!"

"막내야! 미야!"

외쳐 부르는 우리 목소리가 짐승들의 처절한 울부짖음 같았다. 마침 자동차 불빛이 지나면서 의문의 움직임을 비췄다. 뒤이어 엄마가 그 움직임을 끌어안았다.

찾은 것이다. 언 수도가 뚫린 듯 막혔던 숨이 돌았다. 커다란 물방울에 작은 물방울이 흡수되듯 다가간 둘째도 울음덩이가 되었다.


집으로 돌아온 우리는 함께 무너졌다. 엄마도 팔에서 동생들을 풀었다.

"어떻게… 된 일인지… 말해 봐."

엄마는 간신히 입을 뗐다. 꾀죄죄한 동생들은 말을 할 듯 말 듯 주저주저하며 고개를 푹 숙였다.

"엄마가 궁금해서 그래."

엄마가 훨씬 따뜻하게 물었는데도 어물어물거렸다. 그렇게 크고 작은 숨소리들만이 방 안을 메웠다.

"구슬 사러 갔어요."

그 정적을 막내가 깼다.

"구슬은 왜?"

엄마가 찬찬히 물었다.

"놀이터에서 놀던 애가 구슬 없으면 같이 안 논대서요."

"그러면 언니들이랑 놀면 되잖아."

"나도 친구랑 놀고 싶었단 말이에요. 걔도 일곱 살이라고 했어요."

"그럼 엄마한테 같이 가자고 해야지 왜 니들끼리 갔어?"

엄마가 목소리가 갈라졌다.

"여기가 어디라고 너희끼리 나가, 나가길!"

대답을 바란 게 아니었던지 엄마는 폭풍이 되었다. 오늘 일이 생생하게 몰려오는지 몸서리를 쳤다.

"저도 처음부터 간 건 아녜요. 밖으로 나와 보니까 막내가 안 보여서요. 제가 우선 여기저기 찾아 다녔어요. 이곳저곳 뒤지다가 막내를 본 거예요. 저만치 가로수 길을 걸어가고 있었어요. 처음엔 뛰어가서 데려오려고 했지요. 그런데 막내가 고집을 피웠어요. 구슬만 사 가지고 온다고요. 어쩔 수 없이 같이 간 거예요. 혼자 보낼 순 없잖아요."

셋째가 눈물이 그렁하게 고인 눈을 굴렸다.

"막내, 너!"

서슬 퍼런 엄마 눈초리가 막내에게 향했다.

"또 이런 일 있을 거야, 없을 거야."

"없을 거예요."

막내가 울먹이며 입술을 삐죽였다.

"셋째 언니 없었으면 어떡할 뻔 했어. 안 그랬으면 도깨비가 잡아 갈 뻔 했잖아!"

도깨비는 막내가 덮어놓고 겁내는 존재다. 막내는 두어 번 거친 숨을 들이쉬고, 내쉬더니

"으아앙, 으아아앙!"

얼굴을 우그러트린 채 눈물범벅이 되었다.

"어쨌든 무사히 와 줘서 고마워. 너희들 없이 살 수 없어, 엄마는."

엄마가 막내와 셋째를 와락 품에 넣었다.

"엄마, 잘못했어요. 막내가 친구랑 놀고 싶다는 말에 그
만…."

마음이 놓인 셋째 눈에서도 눈물이 떨어졌다.

"안다, 알아. 너희들 마음…. 엄마가 미안해, 다 엄마 탓
이야."

엄마가 막내와 셋째를 꽉 끌어안았다. 엄마도 애달픈 눈
물을 떨궜다. 나와 둘째도 다가가 엄마를 끌어안았다. 상경
해서 겪은 칠흑 같은 서러움과 외로움이 마음 놓인 아우성
과 뒤섞여 구슬프게 파고들었다.

"아빠아아. 아빠아아. 아빠가 보고 싶어…."

막내가 아버지를 찾았다. 처음이었다. 놀란 내가 막내를
보는데 둘째, 셋째도 아버지를 찾으며 뼈저린 곡성이 뒤엉
켰다. 아빠, 아빠, 우리 아빠가 보고 싶어. 한데 뒤섞인 그리
움이었다. 나만 힘든 줄 알았다. 동생들은 철없어서 모를 줄
알았다. 얼마나 같잖은 생각이었던지. 동생들도 표현을 안
했을 뿐 그 작은 몸으로 버텨 내고 있었던 거다.

# 4. 잠시 머무는 집


"엄마, 우리 돌아가요. 고향으로."

동생들이 모두 잠든 뒤, 나는 엄마 앞에 앉았다. 엄마는 묵묵히 박스를 접었다. 파스가 덕지덕지 붙은 엄마 손목이 깁스를 한 것처럼 부풀어 있었다.

"제가 동생들 잘 돌보며, 공부도 열심히 할게요."

이어지는 내 말에 엄마가 잠깐 고개를 들었다.

"오늘 일만 봐도 그래요. 고향에 살았더라면 막내가 친구 만들겠다고 저랬겠어요? 고향에서는 밖에만 나가면 죄 친구들이고, 가족처럼 너나들이해서 외롭지도 않았어요. 저도 외롭고 힘들어요."

나는 잠시 뜸을 들이다가 작심하고 다가앉았다.

"학교 가면 시골뜨기라고 상대도 안 해 줘요. 저만 그런지 아세요? 둘째, 셋째 모두 외톨이예요. 집에서도 학교에서도 우리는 외롭다고요. 엄마도 종일 이게 뭐예요.

되돌릴 수 있어요. 시골에서도 우리, 뱀뱀이 있게 자랄 수 있다고요. 제발 우리 내려가요, 엄마."

말하는 동안 목이 멨다. 동생들 이야기도 더했지만 나야 말로 간절했다. 그동안의 서러움이 밀물처럼 몰려왔다. 엄마는 접던 박스를 내려놓고 물끄러미 내게 시선을 던졌다. 곧이어 파스 냄새 절은 손을 뻗어 내 손을 끌어당겼다.

"그래, 그러자. 가자."

순간 내 귀를 의심했다. 이렇게 쉽게 승낙할 줄 몰랐다.

"참말로요? 참말로?"

믿기지 않아 몇 번이고 되물었다. 커진 내 눈을 엄마에게 맞추며 묻고 또 물었다. 엄마는 천천히 고개를 끄덕였다.

"그래, 그러자. 내일이라도… 큰외삼촌한테 우리 돈… 달래서…."

"돈? 무슨 돈?"

생각지도 못한 말이었다. 돈이라니? 어안이 벙벙해진 내가 조금 물러앉았다.

"응, 시골에서 올라올 때 아버지 교통사고 보상금 받은 거 있잖아. 그 돈, 큰외삼촌이 좀 쓰고 주겠다며 봉투째 가져갔거든. 집도 구해 준다고 기다리라고 했는데 말이 없구나. 생활비도 다 건넸는데……."

그랬구나, 그랬어. 일순간 날카롭게 불안이 스쳤다. 생각할 것도 없었다.

"엄마! 지금 당장 올라가요! 우리 돈 달라고 하게."

나는 자리를 박차고 일어났다. 그제야 기억이 났다. 아버지가 돌아가신 뒤 보상금이 나왔다. 그 돈을 차지하기 위해 친가에서도 서슬이 퍼랬다. 특히 아버지 동생인 삼촌이 엄마을 들들 볶았다. 보상금이 든 누런 봉투는 장롱 깊이 넣었다가 비닐에 넣어서 꽃밭에 파묻은 날, 도둑처럼 삼촌이 들이닥쳐 장롱을 뒤졌다. 우리가 서울행 버스에 몸을 실었을 때도 삼촌은 시퍼런 낫을 들고 우리를 쫓아왔다.

"돈 내놔. 돈!"

조포하게 쾅, 쾅! 버스를 쳤다.

그 돈을 지금 큰외삼촌이 갖고 있다니.

"엄마, 일어나세요. 지금 올라가요. 가서 당장 우리 돈 달라고 해요."

"…알았다. 나 혼자 갈 테니 넌 여기 있어."

엄마가 주섬주섬 자리에서 일어섰다.

"싫어요, 같이 갈래요."

"안 돼. 어른들 일에 끼어들면 못 써."

"옆에 가만히 있을게요."

"글쎄, 여기 있어."

엄마가 두르고 있던 앞치마를 벗었다. 실랑이 끝에 나는 따라 나서지 못했다. 어쩌나, 같은 자리를 맴돌았다. 현관문을 열려다 말고 열려다 말고 제자리에서 빙빙 돌았다. 그 짧은 시간이 수업 시간보다 지루하게 느껴졌다.

더 기다릴 수가 없었다. 걷어차듯 현관을 밀고 나가 헐레벌떡 2층으로 향했다. 2층 계단을 오르는데 현관문이 조금 열려 있었다. 미간에 주름을 잡으며 현관 안으로 들어설 때였다. 엄마 목소리가 들려왔다.

"아니, 오빠. 그게 무슨 소리예요. 가져간 적이 없다니요!"

낯선 독기였다. 나는 그 자리에 우뚝 서 버렸다. 뭔가 잘못되어 가고 있었다.

"아, 글쎄. 내가 언제 네 돈을 가져왔냐니까!"

뒤이어 큰외삼촌이 목청을 높였다. 엄마는 그런 큰외삼촌 말에 새파래져서 세상에, 세상에 말을 더듬다가 쉿소리를 내며 쌍심지를 켰다.

"오빠… 오빠… 아악! 그게 말이 돼? 말이?"

"그럼 차용증이라도 내놔 봐. 내가 빌렸으면 차용증을 썼을 거 아니냐?"

큰외삼촌은 조금도 흔들림 없이 내뱉었다. 냉정하고, 비정하게 엄마를 무너트렸다.

나도 모르게 거실로 들어섰다. 인사도 없이 우뚝 선 나를 모두 한 번 쳐다보더니 고개를 돌렸다. 무너져 버린 내 발소리가 쿵쿵쿵 소리를 내며 엄마 옆으로 갔다.

"오빠, 이 집으로 이사 온 날 오빠가 내려와서 그랬잖아요. 그 돈 잠깐만 쓰자고… 아! 봉투, 제가 누런 봉투째 드렸잖아요. 기억 안 나요?"

애원하듯 두 손을 모은 엄마가 발을 동동 굴렀다.

"그런 적 없다. 네가 뭘 착각한 것 같다."

큰외삼촌은 뻔뻔했다. 조금도 꿀리지 않고 찌러기같이 눈을 부라렸다.

"그래요? 내가 그럼 등신인 거예요? 오빠가 어떻게 이럴 수가 있어요?"

절레절레 도리질을 치던 엄마 눈빛이 서서히 바랬다. 너무 기가 막혀서 말도 안 나오는 눈빛. 아버지가 돌아가셨을 때 본 그 눈빛이었다.

"그 돈이 어떤 돈인데 오빠가, 어떻게 오빠가… 그 돈, 우리 애들 아버지 목숨 값이잖아요. 저 애들, 키우라고 남겨 준 돈!"

악을 쓰는 엄마 목이 벌겋게 달아올랐다.

"나는 오빠가… 잠깐만 쓰고 준대서… 기꺼이 빌려준 건데… 어떻게 나한테 이럴 수가 있어? 우리 애들 서울에 와서 고생하는 거 다 봤으면서 어떻게 이럴 수가 있냐고!"

엄마가 피를 토하듯 고함쳤다. 단 한 번도 이런 모습을 본 적이 없었다. 나는 엄마 팔을 힘껏 붙들었다. 엄마가 쓰러질까 봐 무서웠다. 큰외삼촌도 그런 지경을 바라는 건 아닌지 엄마 곁에 선 내게 벌레 씹은 표정으로 말했다.

"숙이 너, 계속 이러면 명예훼손으로 고소할 거다. 동생이고 뭐고 없어. 경이 너, 너희 엄마 데리고 내려가라."

큰외삼촌은 우리를 을러메더니 턱으로 내려가라는 시늉

을 했다. 내 송곳눈이 큰외삼촌을 향했다. 그런 내 모습을 보던 외숙모가 이죽댔다.

"아니 여보, 어린애가 막돼먹게 어른한테 저게 무슨 태도예요?"

큰외삼촌에게 향하던 내 분노는 외숙모에게로 고개를 돌렸다. 그 푸둥푸둥 살이 오른 얼굴을 마주하고 싶지 않았지만 또바기 눈을 맞췄다. 부득부득 이가 갈렸다.

"큰외삼촌, 외숙모. 어떻게 동생 돈을 떼어먹어요? 큰외삼촌 말 거짓말인 거 다 알아요. 저번에 영주가 하던 말 들었어요. 산 샀다면서요. 충청도에 산을 하나 샀다면서요. 그·돈·우리·엄마·돈·맞지요?"

마지막엔 힘주어 천천히 또박또박 물었다. 내 돌진이 먹혔을까? 큰외삼촌과 외숙모가 얼버무리며 입만 옴쭉거렸다.

언젠가 외숙모와 영주가 계단을 오르며 했던 말이 기억났던 것이다. 큰외삼촌 얼굴이 굳어지면서 내 얼굴을 외면했다. 외숙모도 뜨끔했는지 곁눈 한 번 주지 않았다. 나는 그 기세를 몰았다.

"빨리 우리 돈 주세요. 큰외삼촌은 이렇게 큰 정원도 있고, 이층집에 살잖아요. 영주 피아노 레슨도 하고, 그랜드 피아노도 사 줄 만큼 부자잖아요. 우리는 타 보지도 못한 외제차 만날 타고 다니잖아요. 그런데 왜 우리 돈을 가져가서 안주려고 하는데요? 무슨 오빠가 그래요? 어서 주세요."

처음이었다. 어른에게 바락바락 대든 건 태어나 처음이었다. 춥지도 않은데 달달 떨렸다. 나는 그 모습을 들키지 않으려고 내 다리를 움켜쥐었다.

외숙모가 암만 손톱을 세워도 큰외삼촌이 있어서 참을수 있었다. 우리 엄마의 오빠니까… 그랬던 큰외삼촌의 배신이라니… 나도 이렇게 이가 갈리는데 엄마는 어떨까. 엄마가 받았을 충격을 생각하니 숨이 턱 막혔다. 나는 축 늘어진 엄마 팔을 잡아 세웠다. 엄마 팔이 제멋대로 덜렁거렸다.

"엄마, 일단 내려가요. 쓰러지면 안 돼요."

엄마는 내 부축을 받고 비틀거리며 걸음을 옮겼다. 한 발짝 뗐는데도 어지러운지 호흡을 가다듬던 엄마가 비쓸거리며 걸어 나와 신발을 신었다. 신발장에는 검은 구두들이 층층이 가득했다. 엄마가 한 번만 빌려달라고 간청했던 구두들이 광채를 내뿜었다. 나는 그 신발들을 모조리 내다 버리고 싶었다. 마구 물어박지르고 싶은 충동이 일었지만 이 악물고 참아 냈다.

엄마는 결국 몸져누웠다. 사흘쯤 지났을까? 시난고난 할 줄 알았던 엄마가 외출 준비를 했다. 얼마 전에 알아본 일감 연락을 받았다나.

그런데 밤이 이슥하도록 돌아오지 않았다. 나는 슬그머니 정원으로 나갔다. 밖으로 나오니 별밭에 별이 가득했다. 손톱달도 오랜만이었다. 저렇게 반짝이는 별들도 저 혼자 빛나지 않는다. 태양이 나눠 주고 간 빛으로 서로를 밝히는 것이다. 혼자만 빛나려고 했다면 저렇게 아름다운 밤하늘을 만날 수 있을까?

정원 잔디밭에 조그만 웅덩이도 보였다. 빗물이 만든 웅덩이였다. 그 속에도 손톱달과 붙박이별이 다녀갔다. 지나던 조각구름도 졸음에 겨운 듯 발길이 느려졌다. 참으로 고요하고 맑은 밤인데도 내 마음은 슬프기 그지없었다.

나는 조금 더 밖으로 나갔다. 처음엔 집 앞을 왔다 갔다 하다가 조금씩 가로수 길까지 나갔다. 가로수 길은 흙탕물이 되어 있었다. 운동화가 젖어 질척거렸다. 봇도랑도 콸콸 큰 소리를 내며 흘렀다.

밤바람이 내 머리카락을 흐트러트리며 지나갔다. 갑자기 세상에 나 혼자 있는 느낌이 들었다. 깊게 숨을 들이켰다.

아버지를 떠올렸다. 그리 살갑지 않은 아버지였지만 사무치도록 간절했다. 만약 일 년 전으로 돌아갈 수만 있다면… 아버지가 돌아가시기 전으로 돌아갈 수 있다면 그렇게만 된다면…. 눈시울이 뜨끈해졌다.

인간에게는 누구나 자기만의 지옥이 있다고 했던가. 니체가 쓴 《자라투스트라는 이렇게 말했다》라는 책에서 본 말이다. 내게 지옥이 있다면 지금이다. 모다깃매처럼 닥친 아버지 죽음과 큰외삼촌의 배신이 바로 지옥이었다. 이 지옥이 너무나 섬뜩했다. 어디든 깊은 구석에 몸을 숨기고 싶을 만큼 무서웠다.

큰외삼촌에게 우리 돈을 받을 수 있을까? 받지 못한다면 우리는 어떻게 되는 걸까? 나는 흐엉, 흐어엉, 흐윽 흑, 아픈 눈물을 흩뿌렸다. 벌건 눈자위를 옷소매로 훔치는 이 순간만큼은 나도 열세 살 아이였다.

한바탕 격정을 토해 내고 가로수길 끝에 눈길을 두는 순간 무언가 흔들렸다. 흠칫 신경을 모으는데 아즐아즐 멀리서 이쪽으로 가까워지는 형상은 누가 봐도 사람이었다. 엄마인가? 나도 앞쪽으로 뜀박질하며 거리를 좁혔다. 자박자박, 거친 숨소리가 그랬다. 분명 엄마였다.

"엄마?"

나는 와락 부르며 솟구쳤다. 그래, 내겐 엄마가 있어. 엄마만 있으면 거칠 게 없다. 언제 그랬냐는 듯 기운이 살아났다. 그런데 좀 이상했다. 가쁜 숨을 몰아쉬며 다가오는 엄마가 구부정하게 구부린 채 누군가를 업고 있었다.

"엄마, 뒤에… 누구예요?"

내 눈이 휘둥그레졌다. 언뜻 보니 머리카락이 하얗게 센 조그만 할머니였다.

"응, 아침에 정류장에 나갔더니 이 할머니가 앉아 있는 거야. 말을 시켜 보니 말도 못하고. 손짓 발짓으로 여쭤 봤더니 집도 없고, 자식도 없다기에 119에 연락했어. 그런데 조금 전에 버스에서 내리는데 글쎄 정류장에서 또 만났지 뭐니. 어쩌나, 발길이 떨어져야 말이지. 보호자가 찾을 수도 있어서 파출소와 주유소에 우리 전화번호 남기고 오느라 늦었어. 어서 가자. 힘들다."

다급하게 말을 쏟아 낸 엄마가 휴우, 숨을 한 번 고르더니 우차! 할머니를 추슬렀다.

"엄마, 제가 업을게요."

"아니다. 그러다 할머니 놓치면 큰일 난다."

사양하는 엄마를 따르며 한 손으로 할머니를 받쳤다. 할머니는 잠든 듯했다.

"어쩌시려고요?"

"어쩌긴…. 가서 뭘 좀 잡숫게 해 드려야지."

"그런 다음에는?"

"정 갈 곳이 없다면 당분간… 모시고 있지 뭐."

"엄마, 또 엄마 할머니 생각나서 그러는구나."

"그러게, 난 할머니들 보면 다 우리 할머니 같아서 말이다."

엄마의 할머니는 열 살 때 돌아가셨다고 했다. 그때의 기억이 생생한지 가끔씩 할머니 얘기를 들려줬다.

"우리 할머니는 머리가 하얗고 깨끗했어. 허리도 꼿꼿했지. 얼마나 엄마를 예뻐했는지 몰라. 내가 가래떡을 좋아했는데 화롯불에 구워서 나만 줬어. 우리 오빠는 안 주고…."

"엄마, 할머니 보고 싶으세요?"

"보고 싶지…. 이렇게 힘들 때 우리 할머니가 계시면 얼

107

마나 좋을까 싶어. 엄마는 할머니 손에서 자랐거든. 우리 엄마는 장사를 했고… 기른 자가 어미라는 말이 있지. 그랬어. 할머니가 엄마 같았어. 그러니 할머니에 대한 정이 깊을 수밖에 없지."

그래서 이 할머니를 모른 체 할 수 없었던 걸까? 엄만 걸음을 늦추지 않았다. 숨이 턱에 차서 헉헉거리면서도 할머니를 업은 깍짓손은 까딱없었다.

집에 온 할머니는 엄마가 삶아 준 국수 한 그릇을 후루룩 뚝딱 비우더니 곧 통잠이 들었다. 편안한지 얕은 코까지 골았다.


날이 밝은 뒤 엄마는 새로운 일감을 가져왔다. 어린이용 이불을 만든다면서 휴대용 재봉틀도 한 대 빌려왔다. 이불집에서 빌려줬다고 했다. 당장 드르륵드르륵 박음질 소리가 집 안을 누비기 시작했다.

엄마는 큰외삼촌과의 일을 떨쳐내려는지 더욱더 일에 매

달렸다. 할머니도 엄마 옆에 앉아서 시침질을 했다. 눈이 얼마나 밝은지 바늘귀도 척척 꿰었다. 서두르거나 재촉하는 것도 없이 손발이 척척 맞았다.

할머니는 잠시도 쉬지 않고 몸을 움직였다. 빛이 나도록 방도 닦고, 운동화도 하얗게 빨아 말렸다. 그동안 엄마가 손대지 못했던 이 구석, 저 구석이 환해졌다. 우리는 그런 할머니를 보며 입을 다물지 못했다.

"우와. 할머니 그 많은 빨래를 다 개키셨어요?"

"우리 할머니 달인이다, 그치!"

"할머니가 손을 대면 마법처럼 반짝거려!"

이런 우리 반응이 좋았는지 할머니는 새물새물 웃었다. 주름이 쪼글쪼글한 얼굴이 하회탈처럼 펴졌다. 할머니는 원래부터 함께 산 것처럼 자연스럽게 식구가 되었다. '할머니는 우리를 돕기 위해 나타난 천사가 아닐까?' 순간순간 이런 생각이 들 정도로 할머니의 너그러운 사랑이 집을 채웠다.

우리가 놀 때도 할머니는 적극적이었다. 담요로 하는 놀이, 양탄자 놀이를 할 때도 다가왔다.

"할머니! 할머니도 양탄자 놀이 하실래요?"

둘째가 물으면 할머니는 고개를 끄덕이며 얼른 양탄자로 쓸 이불을 가져왔다. 이불은 두껍지 않은 담요가 적당했는데 둘째와 셋째가 한 귀퉁이씩 훌쳐 잡았다. 나는 맞은편 양 귀퉁이를 잡은 뒤 그 안에 막내가 올라탔다.

"자, 이제 마법의 양탄자가 날아갑니다!"

출발 신호인 셈이다. 동생들이 입을 꽈리처럼 오므려 부웅 소리를 냈다. 막내는 동화 속 양탄자를 탄 듯 눈을 빛냈다.

"언니들! 저기 황금빛 보물이 보인다! 내려가자!"

막내가 지시를 하면 우리는 '휘잉' 입바람 소리를 내며 스릴 있게 내려가는 시늉을 했다. 양탄자가 바닥에 닿으면 보물을 주워 드는 것이다. 보물은 미리 바닥에 떨어뜨려 놓은 연필이나 지우개, 인형 같은 것으로 대신했다.

이제 나쁜 마법사 눈을 피해 보물을 집어 들고, 후딱 담요에 올라타면 되는데 아뿔싸! 나쁜 마법사에게 그만 들켜

버리는 스토리였다. 양탄자를 탐내는 나쁜 마법사는 할머니가 맡았다.

"어서, 서둘러!"

우리는 몰입해서 서로서로 다그쳤다. 퍼덕퍼덕 퍼덕이며 날아오르느라 안간힘을 썼다. 진땀을 흘리며 아슬아슬 날아오른 양탄자는 깊은 계곡을 지나 검은 숲을 지나 오로라를 보며 멋진 궁전으로 향하는 것으로 끝을 맺었는데 할머니가 나쁜 마법사가 되니 더 실감이 났다. 할머니가 두 팔을 허우적거리며 양탄자를 잡으려고 하면 "엄마야!" 우리는 혼비백산했다.

"으악! 악! 마법사 손이 닿지 않게 날아, 빨리! 어서!"

난리법석을 피우며 아등바등 날아올랐다.

그다음으로 이어지는 놀이는 '귀신놀이'였다. 우선 전등이 필요했다. 손전등은 귀신을 맡은 아이가 제 얼굴에 비추며 괴기스런 표정을 지었다. 나머지는 이불을 뒤집어썼다. 밖에서 귀신이 들어오지 못하게 이불을 꽉 닫은 채 버텨야

했다.

귀신은 '가위, 바위, 보'로 정했다. 마지막엔 둘째가 귀신이 되어야 했지만 도리질을 쳤다.

"싫어, 안 해! 무서워."

밉등을 피우는 둘째 대신 할머니가 귀신이 되겠다고 자청했다. 손짓으로 손전등을 달라고 했다.

"귀신, 하실 거예요?"

내가 혀를 에, 내밀자 할머니가 고개를 끄덕였다. 할머니가 손전등을 받아 켜더니 턱에 댔다. 귀신 소리는 못 냈지만 실감 났다. 우리는 부리나케 이불을 뒤집어쓴 뒤 "엄마야! 악! 악!" 난리를 피웠다. 그 과정에서 이불이 벗겨진 둘째는 화장실로 내뺐는데 한동안 나오지 못했다. 아무튼 최고의 귀신이었다.

두 가지 놀이를 끝낸 우리는 할머니가 타 준 미숫가루를 시원하게 마시고 이불 속에 나란히 누웠다.

"언니들, 이제 우리 노래 부르기 하자!"

막내가 박수를 치며 발을 굴렀다.

"응, 그러자."

"그래, 그래!"

타닥, 타닥, 작달비도 대답을 하듯 창문을 두드렸다. 나는 먼저 '초록바다'를 불렀다. 두 번째로 둘째가 '과수원 길'을 부른 다음 '파란마음, 하얀 마음'은 셋째가 불렀다. 막내는 작사, 작곡 모두 제가 한 제멋대로의 노래를 불렀다. 그래도 우리는 아낌없는 박수를 쳐 주었다. 창문 밖 낙숫물도 텅텅 신명나게 박자를 맞췄다.

몇 번을 돌아가며 노래를 부른 뒤 '동네 한 바퀴'를 마지막으로 불렀다. 내가 먼저 시작하면 차례로 돌려가며 뽐내며 불렀다. 할머니는 손뼉을 치며 흥을 돋워 주었다. 우리도 할머니가 있으니 든든하고, 푸근했다. 할머니도 어느새 우리 집이 되고 있었다.

"흠, 흠, 이게 무슨 냄새지?"

계속 코를 벌름거렸다. 닭백숙 냄새였다. 초가을 더위가
드나드는 아침부터 닭백숙이라니. 숙제를 하던 내가 고개
를 들었다.

"2층, 또 닭 삶나?"

혼자 구두덜거렸다. 그런데 2층에서 오는 냄새치곤 너무
진했다. 솥뚜껑을 열자마자 확 안겨 오는 풍부한 냄새였다.
무엇에 이끌리듯 부엌으로 나갔다. 내 표정이 변했다. 찜통
이 부글부글 끓고 있었던 거다. 단박에 알았다. 닭백숙이라
는 걸. 우리 집에서 나는 냄새였다. 놀라 눈이 뚱그래지는데
뒤에서 내 등을 툭 건드렸다. 할머니였다. 닭백숙에 넣을 마
늘을 깠는지 내게 깐 마늘 한 양재기를 내밀며 솥에 넣으라
는 시늉을 했다. 엉겁결에 받아들고 솥 안에 깐 마늘을 쏟아
부으며 물었다.

"할머니, 이 닭 어디서 났어요?"

할머니가 손짓으로 현관을 가리켰다.

"엄마가 사 오셨다고요?"

내 말이 틀렸는지 할머니가 도리질을 하며 또 현관문을 가리켰다. 거기에다 두 팔을 파닥거리는데 알 수가 있어야 지. 나는 그만 되는대로 고개를 끄덕였다.

아무튼 닭백숙이잖아. 군침이 돌았다. 엄마가 한 마리 사 온 게 틀림없다. 엄마는 박음질이 끝난 이불을 배달하러 갔 다. 아마 어제 일감을 가져오면서 한 마리 사 온 걸로 짐작 했다.

때마침 동생들이 밖에서 놀다 돌아왔다. 시끌시끌하게 들 어서던 애들이 냄새에 이끌리듯 부엌으로 눈길을 던졌다. 나는 솥뚜껑을 열며

"얘들아, 오늘은 닭백숙이다!"

손가락으로 가리켰다.

"어쩐지! 와, 맞네! 맞아!"

"어디, 어디!"

"것 봐. 우리 집이라고 했지?"

둘째, 셋째에 이어 막내가 의기양양해하며 이 방 저 방을

뛰어다녔다. 막내와 셋째는 경중경중 뛰어오르며 환호성을 질렀지만 둘째만 평화로웠다.

"넌 안 좋아?"

의아해하는 내게 둘째가 여유롭게 웃었다.

"난 알고 있었어. 놀이터에서 올 때부터."

난 둘째의 넉살에 곱게 눈을 흘겼다. 둘째는 냄새를 기가 막히게 맡는다. 별명이 개코다. 어떤 음식 냄새도 피해 갈 수 없었다.

"난 닭다리 먹을 거야."

막내가 내 바지를 잡고 흔들었다.

"나도 닭다리 찜."

셋째도 질세라 방글거렸다.

"아니, 아니! 닭다리 열 개나 먹을 거야!"

"닭다리는 두 개거든!"

"그럼 다른 닭한테 다리 좀 빌려달라고 하면 안 돼?"

셋째와 막내가 주거니 받거니 즐겁게 킬킬거렸다. 쾌활하기 이를 데 없었다. 그러는 동안 둘째는 말없이 조용히 매의 눈으로 닭을 바라보았다.

우리는 들떠서 밥상을 폈다. 김치도 꺼내고 젓가락도 놓았다. 후추를 섞은 소금도 접시에 덜어 놓고 뼈를 발라 놓을 양재기도 놓았다.

이제 솥에 있는 닭만 퍼서 먹으면 된다. 함께 넣은 찹쌀 누룽지는 두 그릇 먹어야지. 저마다 야호! 북적거리는데 쾅, 쾅, 쾅! 묵직하게 현관문이 흔들렸다. 이 시간에 올 사람은 엄마밖에 없었다.

"엄마다!"

우리는 와그르르 현관으로 몰려 나갔다. 물을 것도 없이 덜컥 문을 열었다. 그런데 엄마가 아니었다. 의외의 인물, 바로 큰외삼촌이었다. 내가 인사도 없이 째려봤다.

"저 할머니는 누구시냐."

큰외삼촌이 백숙을 푸는 할머니를 눈짓으로 가리켰다.

"우리 할머닌데요."

둘째가 빠르게 대답했다.

"너희 할머니가 어디 있어. 돌아가셨는데."

"한 핏줄이라도 남보다 못한 사람도 있던데 누굴까요?"

비꼬는 내 말투가 거슬렸는지 큰외삼촌이 헛기침을 했다. 못마땅한 빛이 역력했지만 말을 아끼는 눈치였다. 큰외삼촌은 할머니를 한 번 더 쳐다보더니 화제를 바꿨다.

"너희 지금 닭 먹는 거냐?"

"아직 안 먹었어요, 지금 먹으려고요. 왜요?"

셋째가 거들었다.

"저, 닭. 어디서 났냐?"

"엄마가 사 오셨겠지요. 안 그럼 있을 리가 없잖아요."

내가 눈을 내리깔며 대꾸했다.

"아니, 그럼 네 엄마가 닭을 잡은 거야?"

큰외삼촌이 버럭 성질을 부렸다.

"그건 또 무슨 말이에요? 닭을 잡다니요?"

동생들에게 뒤로 가라는 손짓을 하며 인상을 팍 썼다.

"뒤꼍에 닭장 있는 거 너희 몰라?"

"알죠. 만날 새벽마다 울어 대서 잠도 못 자요."

둘째가 턱을 치켜들며 콧김을 내뿜었다.

"맞아요, 닭장이 안방 창 근처에 있어서 울면 되게 시끄러워요."

셋째도 눈을 깜빡거리며 한 마디 보탰다.

"그런 이야기가 아니잖아, 지금!"

왕배덕배하던 큰외삼촌이 모질게 우리를 훑어볼 때였다.

"아니, 오빠 무슨 일이에요?"

엄마였다. 엄마 눈에서 불꽃이 튀었다.

"엄마아!"

우리는 하나 되어 합창을 했다.

"아니, 우리 애들한테 왜 그러는 건데 오빠가?"

엄마가 바싹 다가섰다. 큰외삼촌은 몸을 돌려 엄마한테도 물었다.

"네가 닭 잡았냐?"

"무슨 소리예요? 알아들을 수 있게 얘기를 해야죠."

"이러니저러니 할 거 없이 지금 닭장 앞에 가 봐. 모두 따라와."

큰외삼촌이 앞장서더니 쌩하고 닭장 쪽으로 향했다. 엄마가 그 뒤를 따랐다. 우리도 슬리퍼를 끌며 뒤따랐다. 그런데 어쩜 좋아! 정말 닭장 앞에 털이 뽑혀 있는 거다. 덩치 큰 닭 세 마리가 있었는데 두 마리만 눈에 띄었다.

"자, 그런데 너희 집에 지금 닭을 끓이고 있으면 누가 범인이냐?"

우린 모두 우물쭈물 뽑힌 털을 내려다보았다.

"먹고 싶으면 닭을 사 달라고 하든가, 왜 말도 없이 남의 집 닭을 잡나? 이 닭은 영주가 콩쿠르에 나가 우승할 때마다 기념으로 사다 넣은 거야. 이제 어쩔 거냐?"

그 소리를 듣고 모두 꿀 먹은 벙어리가 되는데 막내가 빙글거렸다.

"큰외삼촌! 우승하면 기쁜 거니깐 우리가 잔치를 벌인 거예요."

우리는 그 소리에 그만 웃음이 터져 나왔다.

"와! 나는 빨리 가서 닭다리 열 개 먹을 거다!"

막내가 신나게 집으로 돌아갔다. 가라앉았던 분위기가 확 달라졌다. 다른 동생들도 우당탕탕 뒤따랐다. 나도 집으로 향하며 할머니한테 닭, 어디서 났냐고 물었던 걸 떠올렸다. 이제야 할머니가 두 팔을 파닥거린 모습이 이해되었다. 맞아, 이 닭을 말하고 싶었던 거야.

그 닭이 우리 닭인 줄 알았을까. 그럼 외려 할머니한테 감사해야 하는 거잖아. 식구들 먹는 것이 시원찮으니 몸보신이라도 시켜야겠다는 생각이었을 테니까.

눈물이 핑 돌았다. 할머니의 사랑이 고스란히 느껴졌다. 한데 뭉쳐 현관을 들어섰다. 할머니가 그릇마다 닭백숙을 퍼 놓고 기다리고 있었다. 소란을 눈치 챘는지 얼굴엔 그늘이 드리워져 있었다. 이런 낭패가 있나, 안절부절 못하는 모습이었다. 이럴 땐 내 너스레가 최고 아니겠는가. 나는 두 팔을 벌린 채 다가가 할머니를 안았다.

"참 잘했어요, 할머니. 잘 먹을게요, 우리 할머니."

할머니 가슴에 얼굴을 묻었다. 구순한 할머니 냄새…. 대여섯 걸음 뒤에 들어온 엄마도 말없이 상 앞에 앉았다. 엄마가 옷소매로 젖은 눈자위를 쓱쓱 닦더니 환한 얼굴로 후딱 바뀠다.

"이야, 이게 얼마 만에 먹어 보는 닭고기냐!"

아이처럼 할머니를 바라보았다.

"잘 먹을게요. 할머니도 많이 드세요."

싹싹한 엄마 말에 할머니가 엄마 손을 잡아 포갰다.

우리는 그날 저녁, 행복을 먹었다. 짭짭거리며 사랑을 발라 먹었다. 이슥하도록 배부른 수다가 왁작왁작 이어졌다.

새벽에도 모처럼 조용했다. '꼬끼오 그륵그륵 꼬끼오' 그렇게 시끄럽게 울어 대더니 더 이상 들리지 않았다. 할머니가 수탉을 잡은 게 분명했다. 새벽이면 우리 잠을 빼앗아 가던 녀석이다. 얄미웠는데 다음번엔 오페라 가수로 태어나라고 빌어 줬다.


엄마가 만든 이불이 잘 팔렸다. 피자 박스 접는 일을 그만 두고 시작한 일이었다. 조각조각 천을 대서 이불을 만들었는데 뭐라더라, 퀼트이불이라나. 아이들 이불로 인기가 많다고 했다. 주문이 끊이질 않았다. 파근하다가도 주문이 들어오면 힘을 냈다. 고된 것도 잊고 드르륵 드르륵 재봉틀을 돌렸다. 물론 그 일엔 할머니의 힘이 컸다. 할머니는 꼼짝 않고 앉아 엄마를 도왔다. 옆에서 이불을 펴 주고 개키고 시쳤다. 조각보도 자투리 없이 꼼꼼하게 재단했다. 환상의 짝꿍이었다.

"엄마, 이 조그만 이불에는 파란 나비를 넣으면 어떨까요?"

나도 오다가다 들여다보며 훈수를 두곤 했다. 그렇지만 좋은 일과 나쁜 일은 함께 다닌다고 했던가. 안타깝게도 엄마의 신경통도 심해지고 있었다. 새벽녘이면 엄마가 앓는 소리에 눈이 떠지곤 할 때였다.

"이불 넘기러 갔다가 좋은 일거리를 찾았어."

엄마답지 않게 들떠서 돌아왔다.

"무슨 일? 무슨 일인데요?"

나는 커진 눈을 데룩데룩 굴렸다.

"응, 작은 슈퍼인데 근처에 빌딩을 짓나 봐. 인부들이 북적여서 사람을 구한다는 거야. 물건 값 계산하고, 어묵 끓여파는 일 좀 해 달래."

"그럼 엄마더러 오래?"

"응, 오래. 내일부터 당장!"

"와! 출퇴근 시간은?"

"너희들 일어나기 전에 나갔다가, 밤 열 시에 돌아와. 할머니 계시니 괜찮지?"

엄마가 할머니를 쳐다보자 마늘을 까던 할머니가 벙긋이 웃었다. 걱정 말라는 신호 같았다.

"월급은? 많이 준대요?"

"이불 만드는 것보다 훨씬 더!"

'훨씬 더'라는 말에 힘을 콱 주었다.

"만세!"

내가 두 팔을 치켜들며 튀어 올랐다. 물건 값 계산하고, 어묵 끓여 파는 일은 식은 죽 먹기보다 쉬울 엄마다. 고향에서도 수박 두 수레는 두 시간 만에 뚝딱 다 팔았을 만큼 손도 빠르고, 수완도 좋았다.

"그럼 밥은?"

"점심, 저녁은 도시락 싸 가지고 가면 돼."

엄마가 벙글거리며 손가락으로 브이를 그렸다. 하늘이 무너져도 솟아날 구멍이 있다더니. 무겁게 내려앉았던 우리 집에 싸목싸목 웃음이 깃들었다.

"엄마, 잘 됐다. 그치? 논유동이면 여기랑 멀지도 않아."

"그렇게 좋아?"

엄마가 간만에 굳은 얼굴을 풀었다. 내게 눈을 맞추며 환해진 엄마를 보니 마음이 간질간질해졌다.

"어머, 내 정신 좀 봐."

엄마가 자리를 털고 일어났다.

"내일 출근이니까 일찍 자자. 첫 버스 놓치면 힘드니까."

이불장에서 이불을 꺼내 부산하게 펼쳤다.

"오늘은 엄마가 이 방에서 함께 잘게. 괜찮지?"

엄마 콧노래가 방 안을 채웠다. 엄마는 힘이 세다. 우리를 행복하게 만들잖아. 한 방에 누운 건 이사 와서 처음이었다. 조르르 누운 동생들도 마음이 들떴는지 쉽게 잠이 들지 못하고 뒤척였다. 사실 나도 잠이 오지 않았다.

"엄마! 그럼 과자도 싸게 사 와?"

들뜬 막내 행복이 풀쩍 뛰어 올랐다.

"음, 싸게는 안 되고, 월급 받으면 사 올게."

"우와! 그럼 엄마, 나 초코파이 다섯 개 먹을래."

자타공인 초코파이 왕 둘째에 이어

"엄마, 난… 껌. 풍선… 껌."

셋째도 떠듬거리며 맑은 눈을 굴렸다. 우리는 한 가지씩

소원을 말하고는 들뜬 웃음을 맘껏 껴안았다. 그렇게 뒤척이며 밤늦도록 잠들지 못했다. 기대에 찬 눈동자를 또록또록 굴렸다. 나도 먹고 싶은 과자가 떠올랐지만 모른 척 돌아누웠다.

어김없이 날이 밝았다. 누가 시키지 않아도 모두 발딱발딱 몸을 일으켰다.

"우리 엄마, 출근한다!"

막내가 통통거리며 뛰어 다니고, 우리도 엄마 얼굴에 크림을 발라 주고, 옷매무시를 고쳐 주며 쾌분잡했다.

"이 번호는 가게 전화번호인데 꼭 필요할 때만 걸기!"

우리 집 전화에 낯선 번호도 저장되었다.

"엄마, 우리도 휴대전화 사자!"

"요즘 휴대전화 없는 사람 없을 걸?"

"일단 엄마 거부터 사고 우리도 사 줘!"

봇물 터지듯 이러저러하게 난리였지만 첫 월급 탈 때까지 미루기로 했다.

# 5. 별자리가 있는 집

한 달째, 엄마의 출퇴근은 순조로웠다. 학교에서 돌아오면 엄마가 집에 없는 건 좀 쓸쓸했지만 그 정도쯤이야.

안방은 이제 개점휴업이 되었다. 할머니도 엄마가 올 때까지 우리 방에서 낮잠도 자고, 라디오도 틀었다.

학교에서 돌아온 나는 안방부터 들어갔다. 낮에도 어두운 안방, 종일 켜 놓아 침침해진 형광등은 고단한 엄마를 더욱 파리하게 비췄다. 이제 저 방에 엄마가 없다. 누렇게 뜬 얼굴로 재봉틀에 툭하면 손을 다치지 않아도 된다. 엄마가 땅을

딛고 햇살을 어깨에 얹은 채 출근하는 모습을 상상하니 아, 좋다! 피그시 웃음이 스몄다. 그래도 막내는 엄마가 집에 있는 게 더 좋은 듯했다.

"엄마 보고 싶어. 엄마 언제 와?"

과자보다 엄마를 더 찾았다. 땅거미가 지면 더 보챘다. 엄마, 엄마! 엄마 좀 데려 와, 칭얼대고, 생떼를 부리면 만사 제치고 업어야 했다. 막내를 업고 Once upon a time! 옛날이야기를 하며 마중을 나갔다. 자동적으로 동생 셋도 졸졸, 따라나섰다.

꼬부랑깽깽, 꼬부랑깽깽, 꼬부랑 할머니 이야기를 시작으로 소금을 만드는 맷돌 이야기며 한 고개 넘고, 두 고개 넘고, 어흥! 떡장수 엄마 떡 뺏어 먹는 호랑이 이야기를 풀어놓았다. 은혜 갚은 까치며 원효대사 해골 물도 단골로 등장했다.

옛날이야기가 다 떨어지면 "옛날에 영이라는 아이가 살았어" 하고 이야기를 지어내기도 했다. 상상력은 그런 거니까.

한참 두런두런 이야기를 하다가

"막내야. 자니?"

속삭이듯 살살 불렀다. 잠들었으면 잠잠할 테니까. 숨차기도 하고, 힘들어서 쉬려는 속내가 담겼지만 내 기대는 여지없이 무너졌다.

"아니, 또 해 줘. 또 해 줘."

이렇게 또록또록하게 재촉했다. 그럴땐 다음 단계인 귀신 이야기였다. 일종의 작전이기도 한데 납골당이나 공동묘지 얘기도 단골이었다. 대낮인데도 비 내리는 날이면 으스스하고 음산한 소리들이 으흐흐흐 들린다는 이야기는 직방이었다. 공원묘지 근처에 사는 사람들은 뜬 것도 많이 본다는 이야기며 늘 다니던 길을 밤새 돌고 돌아 제자리였다는 오싹한 얘기를 할 때쯤이면 꼼지락거리지도 않았다. 두서없이 이야기를 풀어 내도 두억시니며 그슨대, 몽달귀 같은 귀신 이야기는 잠재우기 그만이었다.

아무튼 우리 넷은 꽃숭어리처럼 모여 엄마를 기다렸다.

마지막엔 '어디까지 왔나' 놀이를 했다.

"엄마가 이제 슈퍼 문을 나섰어. 자박자박 걸어서 언덕길을 올라 버스를 타려고 해."

먼저 내가 영상을 보듯 읊조리는 것을 시작으로

"버스 정류장이야. 사람들도 많아. 집에 오는 버스가 오나 안 오나, 엄마가 고개를 쑥 내밀고 있어."

둘째가 상상의 꽃을 피웠다.

"아, 버스 왔어! 엄마가 타고 버스가 출발했어."

셋째가 버스에 홀딱 엄마를 태우고

"붕부우웅. 우리 엄마가 탄 버스가 달립니다. 달립니다. 막, 막 달립니다."

함께 집으로 달렸다. 이 대목에서 나는 꼭 눈물이 핑그르르 돌았다. 우리 곁으로 엄마가 달려온다. 우리한테는 엄마가 있다. 그 행복한 생각 끝에 엉뚱하게도 큰외삼촌에게 준 돈이 떠올라서 문제였지만….

아무튼 때마다 애써 좋은 쪽으로 생각을 몰았다. 큰외삼촌이 빌려 간 돈은 꼭 돌려줄 거다. 믿어 보자. 설마, 남도 아닌 한 핏줄인데…. 일말의 희망을 품었다. 다 잘 될 거야, 암! 생기까지 돌았다.

"다 왔어! 엄마가 이제 버스에서 내렸습니다. 우리 쪽으로 걸음을 재촉합니다."

이제부터는 합창을 하듯 들썩였다. 그렇게 엄마는 우리들 상상과 함께 미루나무 길을 걸어왔다.

동네로 들어오는 길은 저 멀리 경부고속도로를 질주하는 자동차 소음이 요란하게 들렸다. 엄마는 미루나무 1, 미루나무2를 지나 미루나무 3을 지나고, 미루나무 4를 지났다. 엄마 발걸음은 시나브로 빨라져서 미루나무 5를 지나고 미루나무 6을 지나, 7, 8, 9를 지났다.

놀이터도 지나 첫 번째 가로등 아래까지 도착할 것이다. 미루나무 15를 지나 미루나무 20이 되면 엄마가 흐릿하게 보일 것이다. 우리는 모두 눈을 크게 뜨고 어둠 저편을 살폈다.

"엄마야?"

먼저 내가 우렁우렁 외치면 엄마가 접선하듯 "응, 우리 딸들!" 하고 크게 대답하는 것이다. 그다음은 말해 뭐해. 우리는 누가 먼저랄 것도 없이 엄마에게 달려갔다. 바작바작 바즈락 다각. 자드락길 밟는 소리들이 하나가 되어 반가움이 얼싸 안았다. 엄마의 퇴근길은 늘 이렇게 완성되었다.

그런데 오늘은 상상이 빗나갔다. 엄마가 늦었다. 그것도 아주 많이. 왜 이렇게 늦을까? 차들의 통행량도 줄었는지 간간이 폭주하는 굉음도 들려왔다.

그 사이 우리는 '어디까지 왔나!' 놀이를 다섯 번쯤 더 했는데 막내도 지쳤는지 묵직하게 잠이 들었다. 거기에다 툭, 툭. 빗방울마저 떨어졌다. 동생들은 불안한지 무서워, 추워, 가늘게 종알댔다.

"안 되겠어. 집으로 가자!"

나는 동생들을 양떼처럼 몰았다. 문을 열어 주던 할머니도 걱정스러운 기색이었다. 잠든 막내를 안아서는 방에다 뉘었다. 그래도 할머니가 있어서 다행이야, 가볍게 한숨을 내쉬는데 곁으로 둘째가 다가왔다.

"언니, 엄마가 왜 안 와?"

벌써 몇 번째 묻는지 모른다.

"나도 모르지. 엄마가 오늘 많이 바빴나."

"막차 끊어지면 어떡해? 그럼 엄마, 못 오는 거잖아."

셋째 걱정까지 다가왔다. 애써 밝은 척해도 초조하긴 나도 매 한가지였다. 그러게, 이렇게 늦은 적이 없었다. 왜 이렇게 늦는 걸까? 2층 큰외삼촌한테 부탁해 볼까. 정류장까지만 같이 나가 달라고 부탁하면 들어줄까?

그래도 이럴 때 혈육 밖에 없잖아. 그래야겠다. 아무래도 그래야겠어.

"언니가 큰외삼촌한테 가서 정류장에 함께 나가 봐 달라고 할 테니까, 진이, 너. 동생들 잘 데리고 있어. 문 열어 두지 마."

집을 나서며 나는 진지하게 부탁했다. 둘째가 고개를 깊게 끄덕였다. 우리는 서로의 불안을 도닥였다.


탕, 탕, 탕!

아무리 두드려도 인기척이 없었다. 2층 현관문 말이다. 모두 잠들었을까? 벌써? 설령 그렇다하더라도 이렇게 크게 두드리는데 잠이 안 깰 리가 없다.

귀를 현관에 바짝 가져다 댔다. 쥐죽은 듯 조용했다. 어디 외식을 간 걸까? 인기척이 간절했지만 끝끝내 문은 열리지 않았다. 이젠 어쩌지? 어디다가 말하지? 혈수할수없도록 아뜩했다.

큰외삼촌 가족이 아니면 이 서울에 우리가 의지할 데라곤 없다. 불안에 불안이 덧씌워졌다. 별일 없을 거다. 애써 위로하며 정원으로 내려와서 대문을 열고 골목으로 나섰다. 지하방, 우리 집 불빛이 창밖으로 고개를 내밀었다. 창옆을 지날 때 내 발이 한 발짝 환했다가 빨려들 듯 어둠으로 들어섰다.

아무래도 무슨 일이 생긴 것이다. 엄마, 엄마, 내 불안이 요동쳤다. 선걸음에 정류장 방향으로 걷기 시작했다. 자박자박, 미루나무 3 정도 왔을까? 물기 묻은 바람이 훅 다가왔다. 나는 온 신경을 곤두세우며 어둠길 저쪽을 뚫어지게 바라보다가 아슴아슴한 움직임을 느꼈다. 사람이었다, 사람! 엄마일까? 엄마일 거야.

"엄마?"

조금 큰 소리로 불렀다.

"응, 으으, 응, 경이야……."

빙고! 엄마였다, 엄마.

"엄마아!"

마음이 놓인 내 외침이 달음박질쳤다. 그런데 엄마와 가까워질수록 등골이 서늘해졌다. 어쩐지 평소와 다른 느낌이 들었다. 뭔가 이상했다.

"으악! 엄마!"

나는 맞닥트린 엄마 모습에 놀라 나자빠질 뻔했다. 흙투

성이 몰골에, 머리는 산발이었다.

"엄마아! 아악! 이게 뭐야, 왜… 왜… 이래!"

숨넘어가는 내 비명이 어둔 하늘을 쫙 갈랐다.

"빨리, 빨리, 집에 가자. 잡히기 전에, 어서!"

엄마는 알 수 없는 말을 내뱉으며 허둥거렸다. 나는 엄마의 오른팔을 내 목에 두른 뒤 엄마를 부축했다. "엄마아, 왜 이래. 괜찮아?" 계속 물었다. 겁에 질린 표정으로 엄마를 부르고, 불러 댔다.

저만치 우리 지하 방에 흘러나온 불빛이 보였다. 고개를 내밀고 있던 전구 색 불빛이 등대처럼 보였다. 비틀걸음이던 엄마는 현관에 들어서자마자 널브러졌다.

"깡패를 만났어. 흑흑. 너희도 못 보고, 죽을 뻔했다. 죽을 힘을 다해 달렸어."

엄마가 엄마 앞으로 찰싹 붙은 나와 둘째를 끌어안았다. 잠이 들었던 셋째가 깨어나 부스스 눈을 비비며 다가왔다. 할머니도 허둥거리며 물수건을 만들어 엄마 얼굴을 조심스레 닦아 냈다.

"버스 정류장 공터에서 깡패 둘을 만난 거야. 내 얼굴만한 돌을 쳐들더니 내 머리를 내려치려고 했어. 살려 달라고 빌었어. 우리 애들이 넷이나 된다. 무릎 꿇고 두 손 싹싹 비비며 빌었어. 나 죽으면 우리 애들 고아가 된다. 막 빌었어. 그때 한 놈이 주춤거리며 험상궂은 놈에게 쑤군대는 순간 앞도 안 보고 내달렸다."

말을 마친 엄마가 통곡했다. 두 다리를 쭉 뻗더니 가슴을 뜯으며 괴정을 토해 냈다. 우리 엄마가 죽음을 면한 거다. 우리 엄마가 죽을 뻔했대.

덜덜 떨렸다. 짙은 공포에 눌린 채 눈물을 뿌리는 엄마를 똑바로 쳐다보지도 못했다. 침통했지만 애써 태연한 척 했다. 엄마가 그 돌에 머리를 맞았더라면… 아, 생각조차 끔찍했다.

"엄마, 119에 신고하자. 범인 잡게!"

부르대며 내가 몸을 일으키는데

"소용없어. 얼굴도 못 봤고, 또 잡는다고 해도 나중에 해코지할 수 있어."

사색이 된 엄마가 나를 멈춰 세웠다. 부리부리한 내 눈에 공포가 섰다. 때마침 밖에서 인기척이 들렸다. 2층 사람들이 돌아오는 것 같았다.

"아유, 그렇게 연주가 훌륭한 선생님을 모시게 되어서 얼마나 마음이 놓이는지 모르겠어요, 여보."

외숙모 콧소리가 아양을 떨었다. 기분이 최고인지 우쭐거림이 채워진 수다가 계단을 올랐다. 승주와 영주의 까르르 까르르 자지러지는 웃음도 화음처럼 들렸다. 이어 현관문이 닫히더니 쥐죽은 듯 고요해졌다. 우리가 넘볼 수 없는 세상은 그렇게 닫혀 버렸다. 은하계의 블랙홀처럼 아득하게.

괴괴하도록 잔자누룩하던 우리 집은 입을 다물었다. 한숨 비슷한 심호흡도 잦아들고, 콧물, 눈물, 땀범벅이 된 엄마 얼굴에도 표정이 지워졌다.

엄마는 몇날 며칠을 앓아누웠다. 그래도 할머니 덕분에

불안하지 않았다. 죽을 끓여 먹이고, 팔다리를 주물러 주고, 등을 쓸어 주며 외할머니처럼 엄마를 품었다.

슈퍼는 자연스레 그만뒀다. 엄마는 아쉬움이 남는 눈치였지만 우리는 내심 반가웠다. 초코파이 찐 팬 둘째마저 서운해하지 않았다.

엄마가 집에 있게 된 거잖아. 우리와 함께. 아니 어쩌면 엄마는 우리에게 집이었는지 모른다. 진짜 집.


"계십니까?"

제법 썰렁해진 아침이었다. 낯선 남자의 목소리가 들려왔다. 동생들은 공기놀이를 하며 실랑이를 벌이고, 나는 이불 속에 엎드려 책을 보다가 꾸무럭꾸무럭 몸을 일으켰다.

"누구세요?"

잡상인일 테지, 잰걸음으로 현관으로 나갔다. 불투명 유리 밖으로 땅딸한 남자 모습이 일렁거렸다. 나는 습관적으로 남자를 보면 얼어붙는다. 아버지가 돌아가신 뒤부터다.

"누구세요?"

"여기 남 여사님 댁인가요? 논유 슈퍼에서 왔습니다."

논유 슈퍼? 어느새 내 옆으로 다가온 둘째를 보며 눈썹 사이를 좁혔다. 논유 슈퍼라면 엄마가 다녔던 슈퍼다. 남자를 세워 둔 채 급히 안방으로 갔다. 동생들의 궁금증도 뒤를 따랐다.

"엄마, 누가 왔는데 논유 슈퍼래."

나는 아리송해하며 허겁떨이를 했다. 죄를 지은 것도 아닌데 모두 눈동자를 키웠다. 엄마는 생각이 많은 얼굴로 현관 쪽으로 다가섰다. 손잡이를 잡은 채 삐죽 열던 문을 활짝 열더니 "아휴, 여기는 어떻게!" 그 남자를 반겼다.

"사장님이 여긴 어떻게 알고…. 안으로 들어오시겠어요?"

엄마가 한쪽으로 비켜섰다. 남자는 가볍게 고개 인사를 한 뒤 집으로 들어섰다. 뒷머리 숱만 조금 남은 땅땅한 민머리 아저씨였다.

아저씨는 엄마가 맞은편에 앉기를 기다렸다가 말문을 열

었다.

"갑작스럽게 찾아와서 놀라셨지요. 죄송합니다. 불상사가 있어 슈퍼를 그만둔다는 연락을 받고도 조심스러워서 더 묻진 않았습니다만…."

아저씨는 엄마의 상태가 예상보다 나쁘지 않아서 다행스런 눈치였다. 엄마는 슈퍼를 그만둔 이유를 그저 '불상사'로 둘러댄 모양이다.

"그래도 나아지면 다시 와 주실 줄 알고 기다리려고 했는데 음… 조금 급한 일이 생겼습니다. 그래서 결례인 줄 알지만 이렇게 찾아왔습니다. 다름이 아니라 저희 미국에 갑니다. 선친의 손때가 묻은 슈퍼를 팔기도 싫고, 그렇다고 비워 놓기도, 모르는 사람에게 맡기는 것도 탐탁지 않고 해서…."

아저씨가 잠시 말을 끊을 때 내가 아저씨 앞으로 보리차 한 잔을 따라 놓았다. 아저씨는 내게도 가볍게 목례를 하더니 말을 이었다.

"미국에 가 있어야 할 기간이 대략 십 년 정도 될 것 같아

요. 그동안에 여사님이 와서 좀 운영해 주시면 안 될까 해서
요. 가게 안에 방도 있고, 부엌도 있으니 아이들과 아예 이
사를 오셔도 좋고요."

아저씨가 올망졸망 앉은 우리를 차례차례 눈에 담았다.
인자한 눈빛이었다.

"다른 건 일체 걱정할 것 없습니다. 보증금도 월세도 안
받겠습니다."

아저씨 이야기에 엄마는 골똘해졌다. 방 안에 정적이 흘
렀다. 깊은 침묵에 우리가 서로 눈치를 볼 때쯤 엄마가 얼
굴을 들었다.

"갑자기… 당혹스럽기도 한데… 사모님도 허락하신 일
인가요?"

"아, 그럼요! 제 집사람 허락 없이 어떻게 이런 말씀을 드
리겠어요. 하하하."

아저씨가 웃었다. 유쾌하게. 입안에 금니 몇 개가 함께 빛
났다.

"아유, 그렇게만 된다면 저흰 더할 나위가 없죠. 이 상태로 계속 살 순 없어서 어째야 하나 잠이 안 왔는데…."

말꼬리를 흐리던 엄마의 두 눈이 촉촉해졌다. 큰외삼촌에게 돈도 받지 못한 채 빈손이었다. 당장 끼니를 걱정해야 할 우리에게 이런 행운이 찾아오다니. 한 쪽 문이 닫히면, 한 쪽 문이 열린다는 말처럼 모든 고통에는 선물이 준비되어 있는 걸까?

"그럼 언…제쯤… 이사를 가면 될까요?"

엄마가 조심스럽게 되물었다. 아저씨는 기다렸다는 듯 얼굴을 활짝 폈다.

"언제라도 좋습니다. 저희는 준비할 것이 많아서 가게 문을 닫았습니다. 일이 이렇게 될 줄 알았던지 방 보일러도 교체했으니 내일이라도 당장 이사하셔도 됩니다. 가게 문은 능두고 천천히 여셔도 되고요. 지금 있는 물건은 많지 않으니 셈도 관두시고요."

아저씨는 엄마가 불편하지 않도록 최대한 배려했다. 여

전히 긴가민가하던 엄마는 대답을 아꼈다. 거절은 아닌 듯 얼굴을 숙인 채 침묵이 길어졌다. 공연히 불안해진 나는 눈을 감았다.

바깥에서 트럭 한 대가 요란하게 지나갔다. 안방 앞을 지날 때 철커덕, 부아앙 가속을 하더니 열어 놓은 창으로 매연이 훅 들어왔다.

내가 반짝 고개를 들며 눈을 뜨는 동시에 엄마도 고개를 들었다.

"고맙습니다, 그렇게만 해 주신다면 이 은혜는 꼭 갚겠습니다."

엄마가 두 손을 조아리더니 허리를 깊게 굽혀 인사를 했다. 아저씨도 자세를 고쳐 앉으며 고개를 숙였다가 다시 들었다.

"아닙니다. 오히려 제가 고마운 일이니 은혜라는 말씀은 넣어 두세요. 사실 거절하시면 어쩌나 조마조마했는데 감사합니다.

진짜는 힘이 세지요. 여사님이 저희 집에서 일할 때 보여 준 진심에 감동했습니다. 그저 점원이라는 생각으로 대충 일을 했으면 저희도 이런 결정 못 내렸을 겁니다. 길지 않은 시간이었지만 정직했고, 성실하셨습니다. 혼자 몸으로 아이들 데리고 애면글면하는 모습도 뭉클합니다. 잘 사십시오."

황급히 몸을 굽혀 인사를 했다.

"엄마, 우리가 그럼 슈퍼 주인이 되는 거야?"

아저씨가 돌아간 뒤 막내는 엄마 꼬랑지처럼 붙었다.

"주인은 아니지만 꽤 오래도록 그 집에서 살 수 있겠어."

"아니이, 그런 말이 아니고, 과자 말이야. 돈 안 내도 먹을 수 있어?"

막내가 두 눈에 잔뜩 힘을 주었다. 그런 막내를 엄마가 번쩍 들어 올려 안았다.

"그럼! 우리 딸들 배 안 곯리고 실컷 먹게 가는 거야."

"그럼 망해!"

막내가 정색을 했다.

"야, 너 벌써 슈퍼 주인 같아."

셋째가 얼굴을 구기며 우스꽝스러운 표정을 지었다.

"아아니이, 좋아서 그래."

막내가 소곤거리더니 엄마 목을 끌어안았다. 엄마도 막내를 꽉 안았다. 우리도 그런 엄마와 막내에게 다가가 팔을 좍 벌려 크게 안았다. 우리는 한 덩이가 되었다.

이사 날짜를 당장 잡지는 못했다.

"그래도 어떡하든 돈을 좀 받아 나가야지, 맨 손으로 나갈 순 없어."

엄마의 각오가 비장했다. 맞는 말이었다. 우리가 살고 있어도 안 주는데 떠나 버리면 아예 못 받을지도 모르는 일이었다.

"우리 이사 가는거, 당분간 2층엔 비밀이야. 약속해!"

나는 동생들에게도 입단속을 시켰다.


며칠 가을비가 쏟아진 뒤 뙤약볕이 따갑게 내리꽂혔다.

낡은 선풍기도 다시 요란해졌다. 저래야 벼가 여물지, 나도 모르게 할머니처럼 중얼거렸다. 법석거리던 볕은 늦은 오후가 되어서야 차츰 진정되었다.

"언니! 언니!"

정원에 나갔던 둘째가 황소숨을 내쉬며 집으로 들어섰다.

"왜."

설거지를 하던 나는 건성으로 대답했다.

"언니, 내가 거지야?"

"네가 왜 거지야?"

놀란 내가 획 뒤돌아보며 쏘았다.

"나 거지 아니지, 그치?"

"당연히 아니지! 그걸 지금 말이라고 하냐?"

"있잖아, 영주가 나 더러 거지 같대."

"왜? 무슨 일로?"

"정원에서 징검돌 밟으면서 놀고 있는데 영주가 2층에서 내려오는 거야."

"그런데?"

"입에 노란 물이 묻어 있어서 뭐 먹었냐고 물었더니 아니래."

내 얼굴이 확 구겨졌다.

"맞네, 바나나 우유네! 그랬더니 아니래."

"아, 그래서!"

내 숨이 뜨거워졌다.

"그랬더니 나더러 거지 같대."

"그게 왜 거지 같은 건데?"

내 눈에서 불꽃이 튀었다. 세제 묻은 그릇을 내려놓았다.

"지금 걔, 어디 있어?"

"정원에."

둘째가 정원을 가리키는데 나는 벌써 발에 신발을 꿰고 있었다. 이번만큼은 대충 넘기지 않을 작정이었다. 먹을 것으로 번번이…. 어금니를 꽉 깨물었다.

정원으로 나서니 영주가 할기시 쳐다봤다.

"영주! 너 왜 진이한테 거지 같다고 했어?"

"거지 같으니까."

영주 입가에 비웃음이 걸렸다.

"내 동생이 너한테 구걸했어?"

"꼭 그런 건 아니지만 내가 뭘 먹었는지까지 다 알려고 하잖아. 거지같이."

"뭐?"

내 눈동자가 심하게 흔들렸다.

"그렇잖아. 내가 뭘 먹었는지 그게 왜 궁금한데? 그리고 난 지금 산책 중이거든? 소중한 내 산책 시간을 빼앗지 말아 줬으면 좋겠어. 내일은 연주회가 있어서 마음을 안정시켜야 하는데 지금 이렇게 방해하고 있어서 불쾌해. 비켜 줘."

거들먹거리며 나를 매몰차게 밀쳤다. 한순간 나는 중심을 잃고 한 발작 뒷걸음질 쳤는데 빗물이 고인 웅덩이에 푹, 발이 빠졌다. 흙탕물이 발목을 감는 순간 견딜 수 없는 화가 치밀어 올랐다. 빗 때문에 외숙모가 나를 밀어부치던 순간까지 겹치면서 "이런, 싸가지!" 난 나도 모르게 영주의 긴 머리채를 잡아챘다.

"아얏!"

엉겁결이어서인지 고부라지던 영주가 머리를 숙인 채 중심을 잡았다. 나는 격렬하게 영주 머리채를 흔들어 댔다.

"너, 오늘 죽었어! 내 동생더러 거지 같다고? 바나나 우유 먹은 것 같다고 물어본 게 왜 거지 같은 건데?"

"아악!"

영주도 팔을 뻗어 나를 잡으려는데 2층 계단에서 큰 소리가 났다.

"놔! 그 머리 놔!"

외숙모였다. 외숙모의 앙칼진 힘이 순식간에 확 달려들었다.

내 두 손은 영주 머리채를 잡고 영주는 내 손을 잡고 있었다. 안되겠다 싶은지 외숙모가 내 손을 떼어 냈다. 손가락 하나, 하나를 부들거리며 펼쳤다. 그럴수록 나는 더욱 이를 앙다물었다.

절대 놓지 않을 테야. 그동안 외숙모가 우리에게 준 상처에 비하면 이건 아무 것도 아니다. 그래도 어른이라 참았다. 그렇지만 영주는 다르잖아. 나보다 동생이다. 그야말로 혈육인 제 사촌에게 그런 말을 할 수 있냔 말이다. 이왕 이렇게 된 거 본때를 보여 주자 싶었다. 맞다, 분풀이였다. 그렇지만 얼마 못 가 손을 풀 수밖에 없었다. 부릅뜬 내 눈 앞에 엄마 발이 보였다. 파란 싸구려 슬리퍼를 신고 있는 작은 발이 파리했다.

"그 손 놔."

낮게 깔린 단호한 목소리였다. 나는 악력을 풀었다. 긴 머리카락 대여섯 가닥이 내 손가락 사이에 축 늘어졌다.

"우리 진이한테 쟤가 거지 같다고 했대요."

손에서 머리카락을 털어 내던 나는 눈이 삐뚤어지게 영주를 노려보았다. 내 말을 듣던 엄마 시선이 영주를 향했다. 영주는 식식거리며 고개를 돌려 외면했다. 그러는 동안 외

숙모는

"아니 고모 애들, 깡패예요? 되먹지 못하게!"

이를 갈며 지껄였지만 엄마는 차분히 영주를 향해 물었다.

"왜 그런 말을 했니?"

나직했지만 거역할 수 없는 위엄이 있었다. 영주는 얕은 한숨을 한 번 내쉬더니 팔짱을 꼈다.

"거지 같으니까요. 내 입에 묻은 우유를 보고 입맛을 다시는 게 거지 같은 거 아니고 뭐예요?"

제 고모인 우리 엄마를 쳐다보며 빈정댔다.

"아니야, 나도 바나나 우유 좋아하는데 너도 좋아하는 것 같아서 반가워서 그랬어."

"그게 그거지, 안 그래? 얻어먹고 싶으니까 아는 체 한 거잖아."

영주가 톡 쏘니까 둘째 목이 자라목처럼 움츠러들었다. 다급하게 내젓던 둘째 손이 툭 떨어졌다.

처연한 슬픔 같은 것이 밀려들었다. 4학년 때인가? 우리 반 싸움꾼 정석이가 내 명치를 주먹으로 친 적이 있다. 순간 숨이 쉬어지지 않으면서도 지금처럼 낮게 깔린 스모그 같은 슬픔이 몰려왔었다. 반장이던 내 말을 안 들어서 너는 엄마 말도 안 듣지? 무심코 한 말인데 정석이 엄마가 돌아가신 걸 다음 날 알게 되었다. 사과를 하려고 했지만 용기도 필요했다. 나를 때린 주먹은 다분히 감정이 실렸지만 아픔보다는 차라리 후련했다. 왜 하필 지금 그 일이 떠올랐을까? 뭔가 알 수 없는 묵직한 것이 나를 눌러오는데 엄마가 나섰다.

"싸움이 일었을 때엔 양쪽 입장이 있다는 거 알아. 무슨 일인지 짐작할 수도 있어. 그렇지만 폭력이나 폭언은 정당화될 수가 없어. 나쁜 행동이니까. 방금 영주가 가볍게 던진 말조차 상대에겐 큰 상처가 될 수 있어."

목청을 가다듬던 엄마가 나를 돌아보았다. 나는 성난 눈을 삭이지 않았다.

"경이 너도 마찬가지야. 속상한 마음은 알겠어. 그렇지만 폭력으로 해결하려고 하면 우리가 동물과 다를 게 없잖아.

말로써 잘 표현하려고 교육을 받는 거야.”

　나는 움찔했다. 더 물러설 곳이 없었다. 엄마 말씀이 옳으니까. 그렇다면 사과를 해야 한다. 그것이 순서다. 얕은 한숨과 함께 영주 앞으로 비척 다가섰을 때다.

　외숙모가 내 머리채를 죽살이치게 낚아챘다. 쏜살같이 달려들어서

　“아악, 악!”

　비명을 지르는 나는 아랑곳 않고 악패듯 흔들어 젖혔다. 나는 그만 정신을 잃고 말았다.

# 6. 나비의 집

통잠을 내리 잔 것 같다. 자는 동안 나비를 잡으려고 들판을 헤맸다. 나비를 잡으려고 꽤나 애썼다. 그렇지만 한 마리도 잡지 못했다. 실망해서 평상에 누워 잠이 들었는데 깨어나 보니 내 몸에 파란 나비들이 내려앉고 있었다. 승주 방 벽지에 있던 파란 나비였을까? 살랑바람을 데려오고, 향기를 실어 날랐다. 내게 말을 거는 것 같기도 노래를 하는 것 같기도 했다.

대체 얼마나 잤을까? 이제 그만 눈을 떠야겠다는 생각이

들었다. 눈꺼풀을 몇 번 들었다, 놓았다 했다. 그렇게 몇 번 만에 간신히 눈을 떴을 때다.

부옇한 빛과 함께 누군가 나를 내려다보고 있는 게 보였다. 엄마인가? 우리 엄마인가? 나는 눈을 크게 뜨려다 말고, 뜨려다 말고를 반복했다. 그런데 아무래도 이상했다. 내 머리를 쓰다듬는 손이 너무나 부드러웠다. 우리 엄마 손은 마르고 거친 데다 파스 냄새도 배었는데 은은한 화장품 냄새가 향기로웠다. 놀라 눈을 번쩍 떴다.

"어머, 어머! 얘가 깨어났네요, 여보!"

외숙모였다. 눈을 씻고 봐도 외숙모였다. 외숙모가 야단을 피우며 큰외삼촌을 불러 댔다. 문득 머리가 아팠다. 찌이잉 찌이잉 찌르듯 아팠다. 눈꺼풀도 무거웠다. 감기는 눈을 감았다가 떴더니 큰외삼촌이 보였다. 근심스럽게 나를 내려다보는 눈이 살가웠다.

점차 기억이 되살아났다. 외숙모가 내 머리채를 잡고 흔들었던 기억 말이다. 어떻게 된 일일까? 나를 혼내지 않고 있잖아. 되레 이렇게 걱정하고 있어. 저렇게 따뜻한 얼굴로 말이지. 알다가도 모를 일이었다.

"괜찮니? 괜찮은 거니? 너 지금 열 시간을 잤어, 얘."

외숙모가 내 머리카락을 쓸어 주었다.

"그래, 영주야. 괜찮니? 어휴, 아빠도 걱정 많이 했다. 응급실에 갔는데 잠든 거라잖아. 놀란 가슴을 쓸어내렸어. 얼마나 힘들었으면 멍석잠을 자니."

뭐, 아빠? 가만, 영주? 내 눈이 번쩍 뜨였다. 뭔가 이상했다. 나도 모르게 벌떡 일어나 앉았다. 주변에 영주는 없었다. 큰외삼촌이 뭔가 잘못 말한 걸 거다. 머리를 흔들었다.

"주스 줄까? 키위가 좋겠지? 너 좋아하잖아."

외숙모가 나와 눈을 맞췄다. 사납던 눈빛 대신 애정을 담뿍 담은 눈빛이었다.

내가 주스를 좋아한다고? 어리둥절한 나를 두고 외숙모가 나갔다. 나는 부리나케 욕실로 향하다가 그만 자빠질 뻔했다. 뭔가 잘못 된 거야. 내가 꿈을 꾸고 있는 걸까? 이건 꿈이겠지? 까치발을 든 채 욕실로 향했다. 꿈에서조차 까치발을 드는 모습이라니. 발자국이 거실 바닥에 찍히지 않게 하려고 말이다. 욕실에 들어서자마자 나는 내 눈을 의심했다.

"으아악!"

믿기지 않았다. 한 발짝 뒤로 물러나면서 도리질을 쳤다. 거울에 비친 내 모습은 영주, 영주였다. 내 주위에 영주가 서 있나? 휙휙 둘러보았지만 나 혼자였다. 나는 어마지두 연거푸 비명을 내질렀다. 비명이 얼마나 컸으면 큰외삼촌, 외숙모가 혼비백산 달려왔다.

"왜, 왜 그러니, 영주야. 머리가 아프니? 괜찮아?"

"안색이 안 좋아요! 병원으로 가요, 여보!"

큰외삼촌, 외숙모가 나를 끌어안았다.

병원에서는 역시 아무 문제가 없다고 했다. 나는 영주가 되어 있었다. 더더군다나 식성까지 똑같았다. 신 것을 못 먹는 내가 키위 주스를 사 달래서 단숨에 다 마셨다.

내가 어쩌다 영주가 된 걸까? 그렇다면 영주는 어디 간 걸까? 설마, 설마 내가 되어 있는 것일까?

병원에서 집으로 돌아왔다. 차에서 내려 지하로 향하려는데 외숙모가 놀라며 2층으로 이끌었다.

영주 방 침대에 누웠는데 거실로 나간 두 사람 말소리가 들렸다.

"경이 그 못된 것, 내가 아주 가만 안 둘 거예요."

외숙모가 표독하게 이를 갈았다.

"당신이 좀 참아요. 지금 건드리면 돈 문제를 들고 일어날 수 있잖아."

큰외삼촌이 나지막하게 속살거렸다.

"아휴, 어떻게 제 발로 나가게 하죠?"

외숙모도 조용히 속닥거렸다.

"처음부터 우리 집으로 끌어들이지 말고, 돈만 빌려 달랠 걸 그랬어."

"그러니깐 당신은 꼭 실수를 해요. 마음이 약해서 그렇잖아요."

두 사람이 나누는 대화를 듣자니 정신이 아득해졌다. 이제야 모든 걸 알 수 있었다. 처음부터 아버지 보상금을 가로채려는 속셈이었다. 우리는 어떻게 되든 말든 상관없었던 거다.

그 잔인함에 치가 떨렸다. 기필코 진실을 엄마에게 알려야 해. 그런데 이제 어쩌지? 내가 영주 몸이 되었어. 엄마, 엄마! 나는 엄마를 부르며 침대 위를 뒹굴었다. 주먹을 쓰는 싸움꾼처럼 침대를 치며 괴성을 삼켰다. 진정하자. 진정! 깊게 심호흡을 한 것은 문득 기발한 생각이 떠올라서다. 그래, 원래대로 돌아갈 수 있다. 이건 일시적인 걸 거다. 하늘이 준 기회일 수 있잖아. 이왕 이렇게 된 거, 영주가 되기로 했다.

"엄마!"

식탁에 앉은 뒤 외숙모를 불렀다. 엄마라니. 이 기막힌 상황을 어찌 해석할 수 있을까? 그래도 정신을 차려야 해. 나는 자세를 곧추세웠다.

"응? 뭐 줄까? 말만 해."

"엄마가 언니 밀쳐서 벽에 부딪히게 했다면서."

나는 외숙모한테서 눈을 떼지 않고, 말에 또박또박 힘을 주었다.

"아니, 영주야. 얘가, 얘가, 아니 너, 너 왜 그래. 왜 그런 말을 해?"

당황한 외숙모는 마주 앉은 큰외삼촌을 바라보다가 내게 고개를 돌렸다. 몹시 당황했는지 말을 더듬었다. 큰외삼촌도 놀란 눈치였다. 외숙모는 입술에 침을 바르더니 내 손을 끌어 쥐었다.

"애, 영주야. 너는 연주회만 신경 써. 응? 알았지? 그 버르장머리 없는 애 따위는 신경 쓸 거 없다."

"그래, 엄마가 괜히 그랬겠니? 나는 네 엄마를 믿는다."

잠자코 있던 큰외삼촌도 거들었다. 초록은 동색이라더니. 나도 모르게 코웃음을 쳤다.

"엄마가 뭔데 언니를 함부로 대해. 그것도 사촌 언니를? 고모가 나를 밀치면 엄마는 어쩔 건데? 명백한 아동학대야.

범죄라고!"

흥분한 내가 젓가락을 내려놓은 뒤 시근덕댔다. 승주는 고개를 숙인 채 젓가락으로 밥알을 뒤적였다.

"아무튼 엄마, 고모한테도 언니한테도 사과해. 나는 아빠, 엄마가 나쁜 사람인 거 싫어."

대답은 들을 것도 없다는 듯 자리를 박차고 일어났다. 식탁 의자가 드르륵 거칠게 뒤로 물러났다.

나는 거실로 와서 피아노 앞에 앉았다. 연주회라니. 나는 피아노를 배운 적도 없는데 연주회라니. 숨이 막히고, 눈앞이 캄캄해지는데 창밖에서 악, 악, 다 비켜! 감사나운 소리가 들려왔다. 영주라는 걸 직감했다.

"어머, 어머! 아래층이 왁자해요. 창문 닫아요, 여보."

사정을 알 턱이 없는 외숙모가 호들갑스럽게 창문을 가리켰다. 창을 닫아도 아부재기 비명이 연이어 들려왔다. 영주도 몸이 바뀐 걸 알게 됐겠지. 나는 영주보다 놀랄 엄마와 동생들 모습이 떠올랐다. 구나방 같은 영주, 아니 나를 보며 얼마나 놀라고 있을까? 어쩔 줄 몰라 애가 타는데 '우리 집에 갈 거야! 뭐야, 너희들!' 발악하는 소리가 바람을 타고 전해져 왔다. 지금쯤 영주도 알 거다. 몸이 바뀐 줄 알았다면 여기 와도 소용없다는 것을.

피아노 레슨 선생님이 도착했다. 어머머, 어서 오세요! 외숙모가 수선스럽게 반기는데 내가 멀뚱거리며 쳐다보았다. 그런 나를 힐끗 보던 외숙모가 펄쩍 뛰었다.

"어머, 영주. 컨디션이 안 좋아? 인사를 빼 먹는 결례를 범하네!"

나무라는 투로 말하더니 레슨 선생님에게 굽적거렸다.

"이해해 주세요. 어제 작은 소동이 있었어요."

"아, 괜찮습니다. 내일 연주회만 잘 치르면 되니까요."

여자인데도 묵직한 음성이었다. 긴 머리카락에서 향수 냄새가 진하게 풍겼다.

"내일 연주회는 말씀 안 드려도 중요하다는 거 아시지요?

진학에 큰 영향을 미칠 테니까요. 그동안 준비를 잘해 왔으니 컨디션 조절만 잘 하면 될 겁니다."

말을 마친 레슨 선생님은 나를 향해 눈짓을 했다. 연주를 해 보라는 신호였다. 나는 나도 모르게 심호흡을 한 뒤 손가락을 피아노 위에 올렸다. 그런데 뭐야, 내 눈을 의심했다. 피아노를 치는 손, 아니 내 손이 저절로 움직였다. 쇼팽의 곡이라고 했다. 외숙모와 큰외삼촌은 두 손을 모은 채 내 연주, 아니 영주의 연주를 듣고 있었다. 몸만 바뀐 줄 알았는데 이럴 수가! 기가 막혔다.

한참 만에 연주 끝나자 레슨 선생님이 박수를 쳤다.

"All Right. 흠잡을 데가 없어. 곡 해석도 훌륭해. 내일 이대로만 연주해 줘."

아주 흡족한 표정으로 내 어깨를 두드렸다. 외숙모와 큰외삼촌도 감동으로 술렁였다. 레슨 선생님이 돌아가자마자 외숙모와 큰외삼촌은 분주해졌다.

"여보, 봉투 세 개는 준비해야겠죠? 얼마씩 넣을 거예요?"

외숙모가 콧소리를 넣으며 큰외삼촌에게 물었다.

"큰 거 한 장씩은 넣어야 하지 않을까?"

"그럼 고모 돈 남은 걸로 넣읍시다."

"그럴 생각이야. 남은 돈은 지금 쓰는 게 좋겠어."

둘은 흡족해하며 눈을 맞췄다. 방에 들어와 엿듣던 내 눈에 불심지가 올랐다. 우리 엄마한테는 거짓말만 늘어놓더니….

마침 방문이 열렸다.

"언니, 괜찮아?"

승주가 조심스럽게 들어왔다. 차분하지만 뭔가 알 수 없는 분위기를 풍겼다.

"괜찮아, 너는?"

"나는 뭐, 늘 그렇지…. 그런데 언니야."

"응?"

"그 돈, 아래층 고모 돈 말이야."

승주가 목청을 낮췄다. 승주도 알고 있었던 거다.

"언니는 어른들 일이라 상관 않겠다고 했지만… 아닌 것 같아. 나는 돌려 드려야 한다고 생각해. 얼마 전에 고모가 올라와서 했던 말 기억하지? … 나도 아빠, 엄마가 나쁜 사람 되는 거 싫어."

예상 밖의 일이었다. 뛸 듯이 기뻤지만 내색하진 않았다. 그저 가볍게 고개만 끄덕이는데 승주가 귓속말로 다가왔다.

"나, 고모 돈, 어디 있는지 알아."

"뭐?"

"그때 고모한테 받은 누런 봉투, 있는 곳을 알아. 아빠가 쓰고 남은 거라도 돌려 드리는 건 어때?"

놀란 나는 숨이 멎을 것 같았다. 아무 말도 할 수가 없었다. 난 지금 영주니까.

밤이 이슥해졌다. 열어 둔 창으로 초가을 바람이 기웃거렸다. 나뭇잎들도 뒤숭숭한지 밤빛에 서걱거렸다. 나는 거실로 나갔다. 큰외삼촌과 외숙모는 잠들었는지 쥐 죽은 듯

167

고요했다. 따라 나온 승주와 나는 눈짓으로 신호를 한 뒤 살금살금 서재로 향했다. 나는 까치발을 들었다가 슬그머니 내려놓았다.

금고는 회색빛 쇠 금고였는데 라면박스 정도 되는 크기였다. 우리는 금고 앞에 나란히 앉았다.

"언니, 아빠 심부름으로 내가 몇 번 열어 봤어. 그러니까 내가 돌릴게."

나는 승주 말에 연달아 빠르게 고개를 끄덕였다.

띠릭 띠릭 띠리릭 띠릭 띠릭 띠릭

4. 3. 2. 5. 0. 7. 1. 6.

돌릴 때마다 침이 바짝바짝 말랐다. 만에 하나 큰외삼촌과 외숙모가 들어오면 어쩌지? 숨통이 빠짝 쪼그라들었다. 머릿속이 하얘지고 눈앞이 까매지던 그때였다.

띵!

경쾌한 소리가 들리더니 마침내 금고가 열렸다. 영화에서나 보던 일이었다. 열린 금고 안에 봉투, 누런 봉투가 확 눈에 들어왔다. 찢어진 귀퉁이를 테이프로 여러 번 붙인 낡은 봉투였다. 봉투 위에 '애들 아빠 목숨 값'이라는 엄마 글씨가 선명했다. 나는 팔을 뻗어 그 봉투를 천천히 집어 들었다. 우리 돈이다. 우리 돈. 엄마한테 받은 적 없다더니. 엄마를 절망하게 만들더니. 여기 버젓이 봉투가 있었다. 금고 안에는 하얀 편지 봉투가 세 개가 더 보였다.

'xxx교수님께', 'xxx심사위원님께', 'xxx심사위원님께'라고 적힌 봉투였다.

두 눈이 불이 튀었지만 침착해야 했다. 나는 지금 영주다. 이 집 딸이다.

하얀 봉투 안에 든 돈을 모두 꺼내 누런 봉투 안으로 옮겼다.


안녕하세요!

우리 영주를 잘 가르쳐 주셔서 감사합니다.

이 편지에 존경과 사랑을 가득 담아 드려요!

영주 가족 올림


언제 준비했을까? 승주가 꼭꼭 눌러 쓴 편지는 봉투마다 나눈 뒤 금고로 다시 넣었다. 이제 들키지 않고 이 방에서 나가야한다. 우리는 몸을 낮춘 채 쉿! 쉿! 서로 입다짐하며 발끝걸음으로 나왔다.

"언니, 그리고 이거!"

영주 방으로 함께 온 승주가 내게 편지를 건넸다.


고모. 정말, 정말 죄송해요.

아빠가 고모한테 돈 빌린 거 맞아요. ㅠㅠ 그래서 돈을 돌려 드리고 싶어요. 전부가 아니지만 나머지 돈은 나중에 꼭, 꼭, 돌려 드릴게요. 그리고 이 일은 우리끼리 비밀이에요. 꼭!

영주와 승주가

"언니, 우리 이제 이 봉투, 고모한테 돌려 드리러 가자."

승주에게 받은 편지를 봉투에 넣던 내가 놀란 눈으로 고개를 저었다.

"아니야, 승주야. 우리 둘이 나가면 들킬지 몰라. 나 혼자 갈게. 나 혼자."

잔뜩 경계하며 눈빛을 빛내는데

"그래? 알았어, 언니."

승주도 걱정이 되는지 선선히 봉투를 내어 줬다.

나는 미끄러지듯 계단을 내려갔다. 이번에는 징검돌을 밟지 않았다. 지금 나는 영주니까.

반 지하, 우리 집 현관 앞에 섰다. 고즈넉했다. 엄마…. 당장이라도 문을 열고 들어가 엄마 품에 안기고 싶었지만 입술을 깨물었다.

'엄마, 나는 원래 경인데 영주로 바뀌었어.'

통사정한들 엄마가 믿어 줄까? 복잡해진 마음으로 부엌 창이 있는 뒤란으로 돌아갔다. 엄마가 잠든 안방 창이 열려 있었다. 나는 누런 봉투를 안으로 툭, 떨어지게 하고는 조심스럽게 창을 닫았다.

다음 날 아침, 드디어 연주회의 날이 밝았다. 나는 세상에서 한 번도 경험하지 못한 극진한 대접을 받으며 집을 나섰다.

그러나 나는 복수를 계획했다. 전 우주를 통틀어 이렇게 완벽한 복수가 있을까? 살짝 귀띔하자면 연주를 하다가 틀릴 계획이었다. 영주 손이 내 의지와는 상관없이 연주를 잘하게 될지도 몰라서 압정도 준비했다. 연주 시작 전이 좋겠지? 압정으로 손바닥을 찌를 생각이었다. 형편없는 연주로 망신을 당한 뒤 도저히 무대에 설 수 없도록 할 계획이었다. 처참하게 실패한 모습을 만나도록 말이다.

이 얼마나 멋진 계획인가. 나는 연주회장으로 향하는 자동차 뒷자리에 앉아서 자꾸만 히죽거렸다. 그런 내 모습을 룸미러로 보던 큰외삼촌이 마음이 놓인 모양이다.

"우리 영주 컨디션이 좋구나. 좋아. 아주 좋아. 너를 위해

서라면 아빠는 무엇이든 할 거다. 내가 아는 권력을 총동원해서라도 말이다. 그러니 오늘 멋진 연주를 하렴!"

"그래, 영주야. 아빠는 그런 사람이야. 그러니 너는 실수만 하지 마. 너 잘 될 수 있게 장치도 다 해 놨어."

외숙모의 맞장구까지 귓등으로 들으며 창밖으로 고개를 돌렸다. 두고 보라지. 최고의 복수는 용서라는 말 따위, 개나 줘 버려. 나는 주머니 속 압정을 만지작거렸다.

드디어 연주 순서가 되었다. 나는 맙소사! 피아노 앞으로 걸어가 앉았다. 그런데 막상 피아노 앞에 앉으니 젠장! 그동안 노력했을 영주가 떠올랐다. 과연 내가 복수를 하면 마음이 편할 것인가도 생각했다. 우라질!

우리 엄마라면 나한테 복수하라고 했을까? 엄마라면… 엄마라면… 나는 멈칫거렸다. 올바르게 살라던 담임 선생님 말씀도 떠올랐다. 고개를 들어 관중석으로 눈길을 주었다. 큰외삼촌, 외숙모가 두 손을 모은 채 기도하는 모습이 보였다.

그 순간 승주 방에서 본 파란 나비가 떠올랐다. 그 파란 나비가 팔랑팔랑 날갯짓을 하며 내게로 다가왔다. 그래, 진정한 복수는 아픈 게 아닐 거야. 내 마음도 몸도.

나는 압정 쥔 손을 스르르 풀었다.

연주를 시작했다. 부드럽게, 경쾌하게, 격정적으로. 나는 내 의지와는 상관없이 피아노 연주를 하는 내 모습, 아니 영주 손을 보며 따뜻하게 미소를 지었다.

파란 나비가 연주를 하는 내 손등에 사뿐히 앉았다. 청중석에도 한 마리, 두 마리, 날아오르더니 파란 나비가 연주장을 파랗게 채웠다.

나는 지그시 눈을 감았다. 수제비 냄새가 났다. 흠흠, 아, 이 냄새는 엄마가 해 주던 수제비 냄새. 힘껏 들이마시는데 갑자기 고요해졌다. 더 이상 피아노 소리가 들리지 않았다. 나는 천천히 눈을 떴다.

# 7. 진짜 집

"경아."

엄마였다. 우리 엄마가 내 머리카락을 쓰다듬고 있었다. 외숙모가 아니라 우리 엄마, 엄마였다. 나를 들여다보는 엄마 어깨 위에 파란 나비 한 마리가 와 사뿐 앉았다. 주위를 돌아보니 반 지하 우리 방이었다. 나는 부리나케 일어나 책상 위에 있는 거울에 나를 비춰 보았다.

나였다. 나, 이경으로 돌아온 것이다. 돌아왔어! 이야호! 기쁨의 눈물이 번지면서 눈앞이 뿌옇게 흐려졌다. 나는 몸을 돌려 엄마를 끌어안았다. 나쁜 꿈을 꿨니? 담담히 묻던 엄마가 카디건 주머니에서 누런 봉투를 꺼내들었다.

"경아. 이 봉투 보이니? 2층 애들이 우리 봉투를 돌려줬어. 한 푼도 못 받을 줄 알았는데… 포기해야 하나 싶었는데… 돈 한 푼 없이 어찌 이사 하나 싶었는데…."

엄마는 회한이 몰려오는지 울먹이다가 웃다가 반복하더니 나를 꼭 끌어안았다. 나도 그런 엄마를 얼싸안았다.

뜻밖의 일은 항상 생기는 걸까? 생각도 못한 좋은 일이 일어날 수도 있는 걸까? 다 끝났다고 생각했을 때에도 말이다. 멀리서 개 짖는 소리가 밤을 휘젓더니 풀벌레 소리도 몰려와 숲이 되었다.

다음 날 우리는 짐을 꾸리느라 정신이 없었다. 드디어 내일이면 이사를 한다.

"자기 짐은 자기가 챙기기!"

높아진 엄마 목소리가 좁은 집을 돌아다녔다. 짐이라고 해 봐야 옷가지며 이불, 냄비와 솥, 가재도구들뿐이지만 다들 하릴없이 구석구석 훑고 다녔다. 이제 정말 가는 것이다. 눅눅하고, 어둑하던 반 지하를 벗어나는 것이다. 창을 열면 바위와 눈인사를 하고 잔디밭을 빠른 속도로 달아나는 생쥐를 만나지 않아도 되는 것이다.

학교 가는 우리에게 엄마가 손을 흔들면 우리도 뒤돌아서 손을 흔들고, 창으로 햇살이 들락거리겠지. 빗물에 흙이 튀는 창이 아니라 온갖 하늘이 담기는 창이겠지. 그 어여쁜 창엔 차랑차랑 맑은 노래 담은 모빌을 달아야지.

나는 벌써 이사 갈 집을 상상하며 부풀었다. 그러는 동안 2층엔 경찰차와 경찰관들이 오갔다. 큰외삼촌은 무슨 일인지 우리에게 알리고 싶지 않은 듯했다.

계단이나 정원에서 "없어진 돈이 그러니까 모두 얼마죠?"라든지 "금고 비밀번호는 또 누가 알고 있나요?"혹은 "누가 침입한 흔적은 없고, 금고도 선생님 댁 식구들 지문밖에 없는데 짚이는 거라도 있습니까?" 경찰관이 간간이 묻는 소리들이 들려왔다. 이어서 켕기는 게 있는지 쉿, 쉿, 저리 가서⋯ 경찰관을 돌려세우는 큰외삼촌 말소리가 이어지곤 했다. 부러 귀 세우지 않아도 들릴 만큼 또렷했다.

경찰관이 반 지하를 가리키면 큰외삼촌이 막아섰다.

"아래층도 우리 가족이에요. 물어볼 것도 없어요."

조금 열린 2층 현관 안쪽에서 큰외삼촌이 손을 홰홰 젓는 숙지근한 모습이 보였다.

누런 봉투며 봉투 안에 든 돈의 액수를 알게 되면 종국에는 그 돈이 우리 돈임을 알게 될 것이다. 큰외삼촌과 외숙모는 결코 밝히고 싶지 않을 테지. 나는 쓴웃음을 지었다.

큰외삼촌과 외숙모 얼굴은 내내 비틀렸다. 우리가 이사한다는 걸 알 텐데도 무서우리만치 외면했다.

'아버지, 우리 이제 이사 가요.'

엄마가 꾸려 놓은 아버지 영정을 보는 순간 어느 날이 떠올랐다. 내가 열두 살 때 여름이었을까? 아버지와 산딸기 밭에 간 적이 있다. 한 바구니 따서 평상에 앉아 산딸기를 먹는데 아버지가 그랬다.

"넘어져도 다시 일어나는 법을 배우는 것이 인생이란다."

뜬금없었다. 공부가 어렵지 않느냐, 말이라 힘들지 않느냐, 이런 말쯤은 예상했지만 난처했다. 뭐라고 대답해야 할지 몰라 우물거리다가 딸기만 자꾸 집어 먹었다. 아버지는 허공에 시선을 둔 채 독백처럼 말을 이었다.

"…어느 방향으로든 갈 수 있는 공처럼 살면 돼. …절대 동심을 잃지 말고. …그럼 갈 길이 보일 거다."

평소 말을 아꼈던 아버지가 꽤 많은 말을 했는데 기억나는 건 이 정도였다. 그런데 신기하게도 막막할 때마다 이 말이 떠올랐다. 마치 마중물처럼.


짐들 꾸리느라 고단했던지 모두 단잠이 든 밤, 나는 살그머니 일어났다. 대충 겉옷을 걸친 뒤 의식을 치르듯 현관을 나서서 열 계단을 천천히 올라 땅을 밟았다. 간밤에 쏟아지던 장대비도 제 풀에 꺾였는지 조자누룩해지고, 싱그러운 바람이 훅 안겨 왔다. 하늘엔 여느 때보다 맑은 별들이 초롱

거렸다. 다시는 오고 싶지 않은 이곳, 징검돌 위에 가만히 섰
다. 부잣집과 가난한 집을 잇던 징검돌…. 한 발 옮기는데 정
원 저쪽에서 부스럭대는 소리가 들렸다. 길고양이인가? 소
리가 나는 쪽으로 천천히 다가갈 때였다.

"언니…."

영주였다. 영주가 다가섰다.

"그렇지 않아도 언니를 부르려 했어."

"그래? 우리 통했나."

영주를 외면한 채 멋쩍게 웃었다.

"고마워, 언니. 연주회…."

순간 어둠 속에서 침묵이 흘렀다. 밤비행기가 깜빡깜빡
별똥별처럼 흘러갔다. 영주에게 내가 손을 내밀었다. 영주
가 내 손을 가만히 잡았다. 나는 잡은 손에 힘을 주었다.

"엄마… 아니… 고모가 해 준 수제비는 최고였어."

영주도 내 손을 꼭 쥐었다. 어둠 속에서 파란 나비 한 마
리가 날아왔다. 이어서 두 마리, 세 마리, 팔랑거리며 짙푸

른 밤하늘을 수놓았다. 그 모습을 말없이 지켜보던 우리도

푸르게 빛나고 있었다.